KB194034

불면의 시대

이게 나라입니까?

작금의 대한민국을 보고 있으면 조지오웰의 1945년 소설 『동물농장』이 떠오릅니다. 혁명을 이끈 돼지들이 '평등한 동물 공화국'을 기치로 내걸었지만 갈수록 돼지들의 권력투쟁과 부패가 심화하게 됩니다.

특권층 돼지들은 금지한 술을 마시고 침대에서 자며 자신의 자녀만을 위한 고급 교실을 짓는 등 스스로가 비판했던 '적폐(積弊)'를 답습합니다. 이에 불만을 갖는 동물들이 등장하자 식량 배급을 줄이고 숙청하는 등 이른바 '공포정치'를 강화합니다. 당초 '모든 동물은 평등하다'고 내걸었던 슬로건은 '어떤 동물은 다른 동물들보다 더 평등하다'라는 부칙으로 바뀌기까지 합니다.

청년들이 눈물을 흘리고 있습니다. 이 글을 읽는 분들은 대한민국 현실에서 무려 70여 년이 지난 조지오웰의 작품 속의 설정 내용이 재현되고 있다는 것을 느낄 수 있을 것입니다. 현 집권세력은 "특권과 반칙이 없는 세상을 만들겠다.", "상식대로 해야 이득을 보는 세상을 만들겠다."고 외치고 있지만 결국 공허한 말 뿐입니다.

특권과 반칙의 나라… 이대로 괜찮을까요?

그들이 지금까지 보여준 행보는 참담하기만 합니다. 현재의 대한민국을 '상식대로 하면 이득을 보지 못하는 세상', '위정자들의 특권과 반칙이 넘쳐나는 사회'로 변질시키고 있습니다.

이대로 간다면 미래의 대한민국은 조지오웰의 돼지가 넘쳐나는 세상이 되고 말 것입니다.

저는 평범하지만, 상식에 반하는 불의와 타협하지 않는 대한민국 국민의 보편적 정서를 가진 사람입니다.

조지오웰의 '돼지'로 변모하기 시작한 집권 세력의 모습을 보면서, 편안함을 추구하며 현실과 타협하는 삶이 과연 옳은지 진지하게 고민할 수밖에 없었습니다.

수많은 고뇌 끝에 평생 가져온 제 신념을 저버리지 않는 삶을 살기로 결심했습니다.

제게 어떠한 시련이 닥쳐올지 모르겠지만 평범하면서도 정의로운 시민들과 힘을 합쳐 현 정권의 위선을 벗기고, 나아가 '모두에게 기회가 평등한 상식적인 나라'를 만드는데 헌신하고자 합니다.

고대 그리스에서 유래된 '아포리아(Aporia)'는 '어떻게 해볼 수 있는 것이 없는 상태(Lack of Resources)', 즉 길 없음(Impasse)의 상태이자 '출구 없음(No Exit)의 상태'를 일컫습니다. 대한민국은 현 정권의 비상식적인 독주로 정치적 '아포리아' 시대에 접어들었습니다.

한 번도 경험하지 못한 나라, 그리고 청년들의 눈물

대다수 젊은 세대들이 그간 현 정부 여당을 지지해 왔던 이유는 과거 기득권에 저항해왔던, 보다 정의로운 집단이라는 믿음이 있었기 때문입니다.

저 또한 "한 번도 경험하지 못한 나라를 만들겠다", "특권과 반칙이 없는 세상을 만들겠다", "상식대로 해야 이득을 보는 세상을 만들겠다"는 그들의 말을 굳게 믿어 왔습니다.

그러나 불의를 정의라 우기고 이를 탓하는 사람들을 오히려 공격하고 배척하는 현 집권 세력의 적반하장식 모습을 보니 제어하지 못하면 더 큰 불행이 닥칠 수 밖에 없다는 판단을 하게 됐습니다.

우리 청년들의 분노를 담아 집권세력의 독주를 견제해야 할 야당은 안타깝게도 제 역할을 하지 못하고 있습니다.

2040 청년들이 이런 야당에게 선뜻 지지를 보내기 어려운 것이 현실입니다. 야당을 지지하는 것을 부끄럽게 생각하는 분위기가 만연해 있습니다. 무당층이 40%에 달한다는 것은 이러한 정치적 현실을 대변하고 있습니다.

세대교체 등을 통한 보수의 지평을 넓히기 위해 내년 총선에서 불출마하겠다는 결기로 감동을 주는 분이 솔선수범해서 나왔으면 좋겠습니다.

이것이 진정 상식적인 나라입니까?

현 집권 세력은 귀를 막고 있습니다. 단적인 예로 불과 몇 달 전까지만 해도 적폐를 일소한 영웅으로 치켜세우던 윤석열 검찰총장을 이제 '배신자'라고 매도하고 있습니다. 심지어 '검찰 권력의 화신'이라고 비꼬는 이들도 있습니다.

자신들이 인사권을 휘두를 수 있는 검찰을 거악(巨惡)으로 치부해 공격하는 방식을 취하고 있습니다. 기득권을 수호하는데 여념이 없는 모습입니다.

그러면서 반미(反美)면 어떠냐고 코웃음을 치며 자녀들을 미국으로 유학 보내고 있습니다.

특목고를 폐지하자고 주장하면서 자신의 자녀들은 특목고에 보내는 데 혈안이 돼 있습니다. 약자 보호·평등을 행동이 아닌 말로만 외치고 있습니다. 기존 기득권 세력보다 오히려 '반칙과 편법'에 능한 모습을 보이고 있습니다.

"특권과 반칙이 없는 세상을 만들겠다", "상식대로 해야 이득을 보는 세상을 만들겠다"는 구호를 지금도 외치고 있습니다. 하지만 실상은 '목적 달성을 위해서는 합법적 수단에만 의존할 수 없다'는 논리로 지지층 결집을 위한 조직적 지원에만 매몰돼 있습니다.

청년들이 분노하고 있는 이유입니다.

한 청년은 2019년 8월 24일 서울 광화문 광장 집회에서 "나는 조국 같은 아버지가 없어서 용이 되지 못할 것 같다" 고 했습니다.

이 말에 빗대어 유명한 앵커가 SNS 상에서 "반듯한 아버지 밑에서 자랐다면 수꼴 마이크를 잡게 되진 않았을 수도" 라며 정직한 분노를 표출하는 20대를 미숙한 인격체로 폄훼했습니다. 그 앵커의 조롱에 참담한 심정을 금할 길이 없습니다.

나아가 유시민 작가는 언론을 맹비난하면서 "조국만큼 모든 걸 가질 수 없었던 소위 명문대 출신이 많은 기자들이 분기탱천했다"고 비꼬았습니다. 이는 전형적인 곡학아세(曲學阿世, 정도를 벗어난 학문으로 세상 사람에게 아첨함을 이르는 말)입니다. 분노의 원인을 개인적인 이유로 치부해 교묘하게 문제의 본질을 회피하고 있습니다.

출구 없는 아포리아 시대… 이제는 바꿔야 합니다

이제는 대한민국의 젊은 청년들이 역사의 전면에 나서야 할 때입니다.

이철승 서강대 사회학과 교수의 근작 『불평등의 세대』를 보면 '86 독점 체제'를 증명하는 통계가 다수 등장합니다.

86세대는 1998년을 기점으로 전체 소득의 34%를 벌어 1950년 출생 세대를 앞질렀고 이후 17년 간 수위를 지켰습니다.

2007년에 44세였던 1963년생의 월 소득은 15년 전에 비해 71.7% 올랐고, 2016년 44세가 된 1972년생은 15년 전보다 21.3% 오른 월 소득을 벌었습니다.

2016년 총선 당시 50대인 86세대는 524명의 입후보자를 내 역사상 가장 높은 입후보자 점유율(48%)을 기록했습니다. 40대 당선인 비율은 17%로 역대 최하위였습니다. 더욱이 30대는 단 2명이었습니다.

'응답하라 1994' 드라마에서 묘사됐듯이 IMF 시대에 취업

전선에 뛰어들어 어느 세대보다 많은 좌절을 경험했고, 또한 가족을 위해 생존을 위해 분투했던 30~40대가 이미 각성한 20대와 함께 일어서야 할 때입니다.

'명분'에 얽매이지 않고 '실리'를 추구하며 전체주의적 좌파 기득권이 체질적으로 맞지 않는 우리 세대가 이제 시대의 주력으로 자리매김해야 합니다. 그래야만 아포리아 시대를 마감하고 미래 번영의 시대로 나아갈 수 있습니다.

저는 불의에 분노하는 상식적인 청년들과 함께 나아가려 합니다. 불의를 반복하면서도 부끄럼이 전혀 없는 후안무치 집단에 맞서고자 합니다.

이를 위하여 각자의 위치에서 묵묵히 최선을 다해 왔던 실력 있는 청년, 그리고 이러한 결의를 이해하고 북돋아 준 양심적인 원로 인사들과 함께 '기회가 평등한 자유로운 대한민국'을 만들기 위해 힘을 모으기로 결심하였습니다.

나아가 현 정부의 거짓 구호에 대한민국의 미래 주역들이 더 이상 농락당하지 않도록 그들이 추구하는 이상이 모순투성이임을 입증하고자 합니다.

정의롭고 상식적이며 현실 감각이 있는 용기 있는 청년들이 힘을 모아 주실 것을 간곡히 호소합니다. 함께 꿈을 꾸면 현실이 됩니다. 감사합니다.

대한민국 미래를 걱정하며
김원성 올림

차례

2 대한민국, 범죄로부터 안전한 나라인가?

3 젊은보수, 어떻게 이끌 것인가

1 14전 전승, 정치는 공감이다

나는 부산 사나이다

나는 부산 사나이다. 다소 건들거리는 면은 있어도 정 많고, 늘 손해 보지만 약자를 배려할 줄 아는 부산 사나이다.

6·25 전쟁 당시 임시 수도였던 관계로 많은 피난민들이 정착했고 영남뿐만 아니라 호남·제주 등 전국 각지에서 모였지만 용광로 속 쇳물처럼 융화돼 독특한 정서를 내뿜는 미워할 수 없는 도시 부산이 내 고향이다.

나의 부모님 역시 흥해에서 성장하셨지만 아버지께서 포항 농협에서 부산의 수산회사로 이직하신 뒤 부산에 정착하셨고, 어느덧 45년의 세월이 흘렀다.

나는 부모님께서 결혼하신 이듬해인 1975년 영도 영선동 4가 162-10번지에서 태어났다.

병원을 못가 어머니는 집에서 나를 출산하셨고, 외할머니가 직접 받으셨다. 이마가 얼굴의 반을 차지해 외할머니께서 범상치 않은 인물이 될 거라 늘 말씀하셨는데 성장 과정에서 그 말씀이 자신감의 원천이 됐다. 그래서 내게는 말은 이루어낼 수 있는 힘, 즉 '에네르게이아'를 가진다는 확고한 믿음이 생겼다. 지금은 돌아가신 외할머니. 사진을 볼 때마다 너무나도 보고 싶다.

어릴 적부터 지나칠 정도로 유별나서 어머니께서는 "너는 동생 키울 때보다 몇 배로 더 힘들었다"고 늘 말씀하시곤 하셨다. 성장해서도 꿈을 쫓는 큰아들 때문에 걱정을 더 많이 안겨 드린 것 같아 늘 죄송한 마음이다.

어머니는 경북 흥해 출신이며 지역의 명문인 포항여고를 졸업하고 서울에서 직장생활을 하시다가 아버지와 결혼하셨다. 외할아버지께서는 신민당 국회의원을 역임하신 최원수

전 의원과 사촌이었던 관계로 신민당 후원을 아끼지 않으셨다고 한다.

당시 야당 의원 후원이 쉽지 않은 상황이었지만, 두려움 때문에 신념을 접을 수 없다며 지속적으로 후원했던 덕택에 김대중·김영삼 신민당 총재들이 포항을 방문할 때는 직접 찾아뵙고 감사 편지도 드렸다고 한다.

아버지 역시 어려운 집안에서 태어나 힘들게 학창 시절을 보내셨다고 한다.

공부를 탁월하게 잘 하셨지만 대학 진학은 꿈도 꿀 수 없어 지역 명문고였던 동지상고에 진학해 은퇴하기까지 줄곧

경리 파트에서 일하셨다. 부자는 되지 못하셨지만 평생을 정직하고 최선을 다하는 신념으로 살아오셨다.

나는 여느 지원서에 존경하는 인물을 기입할 때마다 지금까지 '아버지'라고 써 왔다. 아버지는 아들들과 친구처럼 소통하시면서 인내심을 갖고 기다려 주실 줄 아는 분이었다. 그게 얼마나 힘든 일인지는 세월이 흐르면서 더 절실히 깨닫고 있다. 아버지의 온화하지만 강직한 성품과 어머니의 타인을 배려하는 교육관으로 인해 성장 과정에서 자연스럽게 익혔던 가치들이 사람들과 공감을 하고 함께 어우러지는데 큰 도움이 되었다.

지금도 부모님을 모시고 여행을 가면 호텔 방을 모두 정리해 놓고 나오시거나 음식을 시키면 그릇을 씻어 내놓으시는데 두 분의 타인에 대한 배려와 헌신이 내 삶의 자양분이 되고 있다.

내가 경찰대학에 진학했을 때와 동생이 서울대 법대에 진학하고 사법고시 합격했을 때 부산 영도 전역에 플래카드가 붙었던 것은 우리 형제가 훌륭했기 보다는 겸손과 배려가 일상이었던 두 분을 좋아하고 응원하는 사람이 많았던 게 아닐까?

부모님 기억 속의 어린 시절

초등학교 입학 전 어린 시절은 누구나 그렇듯 개인의 기억보다는 부모님과 친척들의 기억에 의존한다. 부모님께서 기억하는 난 유별난 아이였다.

세살배기가 수십여 개의 볼펜 중에 하나라도 없어지면 찾아내라고 울음을 그치지 않았고, 발음도 정확치 않은 상태에서 애국가를 4절까지 한번 듣고 외울만큼 숫자 개념이 강하고 암기력이 좋았다고 한다.

네 살 때는 어머니께서 한 눈을 파는 사이 집을 나갔는데 근처 파출소에 가서 경찰관들에게 집 위치를 설명해 집을 찾아왔다고 한다.

▲ 태권도 시범을 보여 주고 있다.(1979)

당시 친절한 경찰관들 덕택에 집에 돌아올 수 있었고 경찰에 대한 우호적인 시선이 그 무렵 형성된 것 같다는 생각을 해 본다.

일곱살 유치원에 다닐 때는 친구와 귤

▲ UN묘지 견학(1981)

을 훔쳐 먹다가 주인에게 잡힌 적이 있었다.

가게 주인이 경찰서에 신고하겠다고 엄포를 놓아 어린 마음에 너무 무서웠지만, 가게 주인에게 "제가 귤을 먹자고 해서 그랬습니다"라며 용서를 빌었다.

사실은 친구의 꼬임으로 실행에 옮긴 것이었고, 가게 주인은 두 꼬마의 행동을 눈여겨 지켜보고 있었는데 어린 내가 그렇게 얘기를 하니 오히려 머리를 쓰다듬으며 칭찬해 주는 것이 아닌가?

가게 주인의 칭찬을 들으면서 '배려와 헌신'이라는 부모님께서 평소에 말씀하신 가치의 의미를 가슴속 깊이 더 새기게 되었다.

'14전 전승의 시작' 선거를 배운 초등학교 시절

부산 영도에 소재한 대평초등학교에 입학했는데 당시 학생들이 많아 오전·오후반으로 나눠 수업을 받았다. 현재 학생 수가 줄어 영도에 있던 초등학교의 절반 가량이 폐교를 한 현실을 감안하면 격세지감이 든다.

반장 제도가 없었던 1학년과 선생님께서 반장을 지명하는 2학년 때는 별다른 두각 없이 학교생활을 했다. 그때 당시 충격이었던 것은 크리스마스이브 날 새벽 잠이 깼는데 부모님께서 안 계신걸 알고 동생을 깨워 같이 울고 있었다. 그런데 잠시 후 부모님께서 알루미늄 야구배트와 장난감을 사 오시는 게 아닌가?

한편으로는 안도했지만 산타할아버지께서 마음속에만 존

재한다는 것을 알게 된 것은 어린 시절 나에게는 작지 않은 상처였다.

대평초등학교는 당시 급식 시범학교였는데 저렴한 급식비에도 불구하고 급식비가 없어 급식을 신청하지 못하거나 반찬 없이 보리밥만 도시락으로 싸오는 친구들이 있었다. 그 친구들을 보면서 함께 나눠먹어야 겠다는 생각이 들었다. 그래서 다른 친구들이 눈치 채지 못하게 급식판에 밥과 반찬을 많이 퍼서 그 친구들과 몇 차례 나눠 먹었더니 그 친구들이 나에 대한 호감을 가지게 되었던가 보다.

당시 반장선거에 입후보를 4명이 했는데 53표 중 41표를 받아 반장이 됐다. 알고 보니 급식을 같이 나누어 먹던 친구들이 적극적으로 응원해 주고, 도와주어 당선이 되었던 것이다. 의도적이었든 아니었든 간에 나의 첫 번째 선거전략의 시작이 되었다.

5학년 때 반장 선거는 역대 경험해 본 모든 선거 중 가장 힘든 선거였다.
'박○○'이라는 아주 영리한 여자 친구와 경합했는데 여자 친구들에 대한 이해가 낮았던 점을 그 친구가 파고들어 여자 친구들이 단 한 명도 날 지지하지 않았고, 겨우 한 표 차로 반장이 됐다. 어린 마음에 큰 충격이었고, '전략과 전술'도 필요하지만 '이해와 진정성'도 그에 못지않게 중요하다는 것을 막연하나마 깨닫게 되었다.

6학년 때는 친구들 중 유머 감각이 있고, 가요·드라마 등 최신 유행에 민감했던 빅 마우스 '장ㅇㅇ'이라는 친구의 응원 덕분에 다시 한번 압도적인 표차로 반장이 되었으며 운동회 때는 전교 체육부장을 맡아 학생대표로 나가 선서를 했다.

담임선생님은 교대를 갓 졸업하고 부임하신 분이어서 학생들과 나이차가 12살 밖에 나지 않았다. 그래서인지 학생들의 입장을 항상 배려해 주고 대화를 많이 하는 열정적인 선생님이셨다. 하지만 선생님의 이런 교육관이 항상 긍정적이기만 했던 것은 아니었다.

특히 학생들을 배려한다는 취지에서 남학생, 여학생들을 성적대로 일렬로 세워 남학생 평균점수가 높으면 남학생이 성적순으로 여학생을 짝으로 선택하고 반대인 경우면 여학생이 남학생을 짝으로 선택하게 한적이 있다.

성적이 좋지 않아 끝 줄에 섰거나 인기가 없어 마지막에 선택된 학생들의 심정을 생각하면 배려와 소통, 자율이 오히려 친구들에게 크나큰 상처가 될 수도 있다는 것을 알게 되

보이스카웃 행사(1986) ▶

▲ 운동회 때 선서를 하고 있다(1987)

▲ 부반장인 진홍이와 '퀴즈로 배웁시다' 에 출연
했다.(1987)

었다.

당시, 부반장이
었던 '김진홍'이라
는 친구와 함께 부
산 KBS에 방영하
는 '퀴즈로 배웁시
다'라는 프로에 나
갔는데 치열한 예
선을 거쳐 본선에
서 300점을 받아 퀴즈왕이 되었다. 당시 프로그램 진행을 맡
았던 왕종근 아나운서가 칭찬을 아끼지 않으며 장래희망을

물어봤는데 '대법원장'이라고 대답을 했고, 추석 명절에 프로그램이 방영되어 많은 이웃 어르신들이 방송을 본 뒤 칭찬을 아끼지 않았다.

졸업식 때는 후배 대표가 학년의 송별사에서 300점 퀴즈왕 선배님 얘기를 거론해 어깨가 으쓱했던 기억이 있는데 언론과 방송의 힘을 깨닫는 계기가 되었다.

6학년 때 만나 지금도 헌신적으로 나를 성원해 주는 '김ㅇ ㅇ' 친구는 사실 민주당 지지자이자 문 대통령의 열혈 지지자다. 하지만 오랜 세월 서로를 보듬으며 구축된 신뢰 덕분에 나를 지지해주고 있다. 적어도 나는 이것이 정치의 기본이라고 생각한다.

이념이 다르고 생각이 다른 사람도 함께할 수 있는 통합의 정치 리더십이 실종된 시기에 부족한 내가 정치를 하려는 용기를 갖게 된 이유 중 하나가 포용력이다.

1988년 부산 남중학교에 진학했는데 당시 탁구가 대유행이었다. 특히 부산남중 출신의 유남규·안재형 선배가 서울 올림픽에서 금메달을 따고 유남규 선배는 올림픽 MVP로 선정됐는데 정말 자랑스러웠다.

공부보다 탁구에 몰입해 탁구장에 살다시피 하면서 다른 초등학교에서 진학한 친구들과도 친하게 지냈는데 그 친구들 지원으로 중학교에서도 압도적인 표차로 반장이 되었다.

흐름을 잘 읽어야	시대적 흐름과 교감하고 잘 노는 것도 경쟁력

시대적 흐름과 교감하고 잘 노는 것도 경쟁력이라는 생각을 갖는 계기가 되었다.

당시 담임 선생님께서 소아마비 장애가 있으신 국어선생님이었는데 입학 당시 측정한 IQ가 145로 700여 명의 입학생 중 가장 높았다고 늘 격려해 주시며 탁구에 미쳐 공부에 손을 놓으려 했던 날 붙잡아 주셨다.

어떤 선생님보다 통찰력이 있고 마음이 넓었던 선생님을

생각하면 신체적 장애로 인해 좌절하지 않아도 된다는 평범한 진리를 깨달았다.

당시 존경했던 유남규 선배를 사회에서 만났다. 한 분야의 최고가 다른 분야에서도 최고의 역량을 발휘할 수 있다는 사실을 새삼 일깨워준 유 선배는 여자 국가대표 감독으로서도 삼성생명 실업팀 감독으로서도 탁구신동 유예린 선수의 아빠로서도 성공했다.

▲ 탁구선수 유남규 선배와 함께

탁구 분야에서뿐만 아니라 후배를 배려하고 이해해주는 마음 또한 최고였다.

다만 유 선배를 볼 때마다 정부가 비인기 종목에서 세계적인 성과를 낸 스포츠 선수들에 대한 지원에 소홀한 것 같아 아쉬움이 들곤 했다.

비인기 종목과 선수들에 대한 지원과 관심이 보다 확대되길 바라는 마음이다.

불의한 집단에는 강력한 사회적 통제가 필요하다

중학교 2학년은 청소년기 중에서도 가장 '질풍노도의 시절'인 만큼 나 또한 적지 않은 아픔을 겪었다. 2학년 때도 '김원성은 당연히 반장을 해야 한다'는 대세론으로 압도적인 표차로 반장이 됐다.

당시 담임 선생님께서 거친 학생들을 통제하는데 어려움이 있었다. 나는 반항기가 가득한 친구들의 이유 없는 공격에 굴복하지 않고 적극 대응했지만 그 결과 집단적 괴롭힘을 당했다.

한 번은 부모님이 계시지 않아 할머니와 살면서 새벽에 신문 배달을 하던 친구를 일부 친구들이 집단적으로 괴롭히

는 일이 있었다. 그들은 강하게 말리던 내게도 심한 폭행을
했다.

어머니께서 이를 알고 그런 친구들을 달래보려고 하셨으
나 내 어머니께도 욕을 했다.
'헌신과 배려'라는 기본 철학도 다소 흔들리던 시절이었
다. 그러나 이에 굴복하지 않고 계속해서 그 친구들에 맞서
싸웠다. 결국 그들이 전기톱으로 공장을 털다 경찰에 검거되
고 소년범으로 재판을 받게 되는 과정을 지켜보면서 내 선택
이 나쁘지 않았으며, 불의한 집단에 대해서는 강력한 사회적
통제가 필요하다고 생각하게 됐다.

당시 큰 상처를 받았고, 이러한 친구들을 위해 헌신하겠다
는 생각이 들지 않아 반장직을 그만뒀다. 이로 인해 모든 학
생들이 돌아가며 반장을 맡았던 새로운 시스템이 도입됐다.

당시 성품이 고왔던 담임선생님은 너무 힘들어하셨고 그
뒤로 다시는 남자 중학교 2학년 담임을 맡지 않으셨다. 너무
가슴 아픈 사건이었다.

중학교 3학년 때 담임선생님은 김○○ 체육선생님이었는데

고교 1학년 때 정○○ 체육선생님과 더불어 학창 시절 내게 가장 많은 긍정적인 영향을 준 분들이다.

격려 한마디

두려움에 맞서는 것이 용기이고 용기있는 자만이 승리할 수 있다

중학교 2학년 때 힘든 시절을 겪었기에 반장 후보에 나서지 않으려 했던 내게 "피하고 편해지고자 한다면, 영원히 패배자가 될 수 밖에 없다. 두려움에 맞서는 것이 용기이고 용기있는 자만이 승리할 수 있다"는 말로 격려해 주셨다.

중학교 2학년 때 겪었던 일을 담담하게 얘기하며 "친구들이 힘든 일을 당하면 나 또한 힘들어질지라도 끝까지 친구 손을 잡겠다"고 하니 3명이 반장 후보에 나섰는데 54명 중 50명이 표를 몰아주었다. 이에 자신감을 얻었고, 행복한 중학교 3학년 시절을 보냈다.

친구들과 사이도 원만해지고, 마음이 안정이 되니 공부도 곧잘 하게되어 졸업 당시 700여 명 졸업생 중 전체 2등으로 졸업했다.

전체 1등과 5등이 부산과학고에 진학했는데 나는 정치에 꿈을 갖고 있었기 때문에 큰 고민 없이 인문계열로 진학했다. 고입 시험도 200점 만점에 199점을 획득해 인문계인 부산남고에 최우수 성적으로 입학했다.

조직화 · 세력화 · 참여의 필요성

고교 1학년 때는 선행 학습이 돼 있지 않아 학업에 다소 어려움을 겪었다. 또한 압도적인 표 차이로 반장이 됨과 동시에 1학년 전체 학년장(학생회 부회장)이 됐고 합창부 동아리 활동까지 병행했는데 신체적 성장 속도가 느렸던 나는 그때 심한 사춘기를 겪었다.

담임선생님인 정○○ 선생님은 대단히 열정적인 분이셨는데 공부도 중요하지만 적극적인 참여활동의 필요성을 늘 일깨워 주셨다.

즉 실력을 키워 사람들을 이끌 리더가 되기 위한 조직화· 세력화 및 참여의 필요성에 대해 말씀해 주셨고, 체육특기생

(펜싱, 럭비 등)들과도 폭넓은 교재를 권유하셨다.

2학년 때는 문과를 선택해 진학했는데 학년 전체 열두 반 중 여덟 반이 이과였고, 네 반이 문과였다. 공부를 열심히 하던 친구들이 대부분 이과로 진학했기에 다소 편안한 마음으로 1학년 때와 유사한 패턴으로 생활했고, 2학년 때도 역시 반장과 학년장을 맡았다.

고교 시절 가장 친한 친구였던 '정○○' 친구와도 이때 만났다. 난 스스로 늘 배려의 아이콘이라 생각했는데 ○○이는 고등학생 답지 않게 생각이 깊고 마음이 통할 수 있어 처음으로 기댈 수 있는 친구였다.

즐거운 학교생활과 달리 성적은 계속 떨어져 급기야는 문과생 200명 중 20등까지 밀려 내려왔다.

고교 2학년 겨울방학 때부터 3학년 진학할 때까지 스스로의 자존감 회복을 위해 정말 열심히 공부했다. 대학입시가 학력고사에서 수능으로 바뀌는 첫 세대였고 대학별 고사까지 도입한다는 소식에 독서실에서 나오지 않았다. 그 결과 고3때 치룬 첫 반 배치고사에서 문과에서 1등을 차지했다.

당시에는 고교별로 진학 성적을 높이기 위해 경쟁적으로 특별반을 운영했는데 매달 전국 모의고사 성적에 따라 문과 20명, 이과 40명이 순위에 따라 자리를 이동했다.

　고3 내내 문과 전체 2등을 고수하다 실제 수능시험에서는 오히려 교내 문과 1등을 넘어 서부교육청 관할 고교(경남고, 혜광고, 동아고, 낙동고 등)에서 문과 전체 1등을 차지했으나 본고사에 대한 준비부족으로 서울대에 낙방하고 복수지원으로 한국외대 영어과에 94학번으로 입학했다.

86세대 운동권과의 첫 만남

한국외대 영어과 신입생 환영회 때, 양복을 입고 참석해 "우리가 이 자리에서 즐길 수 있는 것은 우리 부모님 세대의 헌신과 희생이 있었기 때문이라고 생각합니다. 그 분들을 기리기 위해 이 노래를 부르겠습니다"라고 얘기한 뒤 새마을운동 당시 만들어졌던 '잘살아 보세'를 별 뜻 없이 불렀다.

그 때 학생회를 주도했던 NL계 선배들이 의식 있는 후배가 오랜만에 들어온 것 같다고 반가워하며 운동권 참여를 요구하는 다소 우스꽝스러운 상황이 연출됐다.

"통일이 몇 년 뒤 이뤄진다. 공부가 중요한 게 아니라 역사의 주체세력으로서 내부 역량 결집과 사회변혁이 필요하다"는 설득력이 떨어지는 얘기에 공감하지 못했다.

몇 년 뒤 통일이 이뤄지지도 않았다.

현재 86세대들에게 익숙한 이러한 논리들이 X세대라 불리웠던 90년대 학번들에게는 황당무계하게 다가왔으나 '전체주의로 느껴질 만큼 선배들의 집요하면서도 탁월한 선전·선동 연대 방식이 80년대 학번들에게는 시대를 관통하는 주류적 가치였을 수도 있겠구나'라는 생각이 들었다.

어느덧 대한민국의 주류가 된 86학번들이 우리 세대 스무살 조차도 쉽게 공감하지 못했던 가치에 함몰된 채 귀를 닫고 독선적으로 국가를 운영하고 있는 상황을 보니 한심스럽기 짝이 없다.

당시 나의 동의 여부와 상관없이 고교 시절 학생회 활동 경력 등이 이용가치가 있다고 판단한 학생회에서 다양한 방식으로 집요하게 설득했으나 거부했고, 이들을 피해 운동권이 아닌 운동부인 외대 미식축구부(Black Knights, 검은 기사들)에서 활동했다.

당시 휘경동 하숙집에서 외대 이태리어과를 졸업하고 무

역회사에 근무하는 선배를 비롯해 군대를 다녀온 고학번 선배들과 어울리면서 즐거운 대학생활을 만끽했으나 대학 서열화가 지금보다 심한 때였고 절친한 친구가 고려대 경영학과를 다니다 재수를 결심하는 것을 보고 용기를 내 재수를 선택했다.

자유로운 신입생 생활을 하다 하숙집에서 혼자 공부하는 것은 결코 쉬운 일이 아니었다. 그래서 비용은 적지 않게 들었지만 종로학원에 편입했다. 종로학원에서 운영하던 기숙사인 종로학사에서 생활하며 학원을 다녔는데 몇 달 간이었지만 평생의 좋은 친구들을 많이 만나게 됐다.

특히 기숙사 같은방 11명의 친구들과는 동고동락하면서 정이 많이 들었다. 편입 당시 문과 방에 자리가 없어 이과 방에서 생활했는데 11명의 친구들 중 서울대에 3명이 진학했고 6명이 의사(치과 의사), 1명이 변리사가 됐다.

이 친구들 덕택에 공학도나 의사들의 미래지향적이고 실용적이면서 간결한 사고 방식에 눈을 뜨는 계기가 됐다.

현 정치권이 과거에 매몰돼 미래로 나아가지 못하는 이유는 이념과 명분에 천착되기 쉬운 시민단체나 율사 출신들 내지 전문 정치인들이 많기 때문이라고 생각한다.

정치의 실질적인 변화를 위해서는 끊임없이 미래 사회의 트렌드를 따라갈 수밖에 없는 다양한 전문 직군에서 일해 본 사람들이 정치권에 대거 입성해야 한다고 본다.

대학별 고사가 절대적으로 많은 공부량을 요구했고 수능이 막 도입돼 예측가능성이 낮았기 때문에 94~96학번 때 입학했던 친구들은 이전과 이후 세대들에 비해 상대적으로 어렵게 공부했었다.

심지어는 235명이 정원인 서울대 경영학과 입학생 중 종로학원 출신이 203명을 차지하는 기현상이 발생하기도 하는 등 재수생 강세가 이어졌다.

비록 힘은 들었지만, 당시 함께 공부했던 친구들이 다양한 분야에서 두각을 나타내며 시너지 효과를 창출하는 것을 보았다.

특성화 교육을 통해 인재들
간 경쟁을 유도하고 다양한
분야에서 상호 시너지 효과를
도모해야

미래는 먹거리 창출을 위한 인재 양성을 위해 평준화 교육
보다는, 특성화 교육을 통해 인재들 간 경쟁을 유도하고 다
양한 분야에서 상호 시너지 효과를 도모하는 것이 필요하다
이를 통하여 세계적인 경쟁력을 갖추는 게 대한민국의 긍정
적 미래를 담보하는 길이라 생각한다.

경찰대, 보수의 가치를 배우다

종로학원 같은 반에서 친하게 지내며 서울대에 충분히 합격이 가능했던 친구가 어느 날 경찰대학에 원서를 낸다는 얘기를 듣고, 경찰대학에 대해 처음으로 관심을 갖게 되었다.

부모님께 지원 여부를 상의했는데 어머니께서 직업 안정성 등을 고려해 적극 권유하신 데다 학비 및 생활비 등 현실적인 문제 등을 감안해 경찰대학에 진학하였다.

함께 지원했던 친구는 안타깝게도 2차 신체검사 시력에서 불합격된 뒤 서울대 미학과에 입학했는데 엄격한 경찰대학의 규율에 지칠 때마다 주말 외박을 나와 친구 하숙집에 항의성 방문을 하기도 했다. 그 친구는 졸업 후 KBS에 입사해

▲ 경찰대 졸업(2000)

요직에서 근무 중인데 두 사람의 인생이 바뀐 것 같다는 우스갯소리를 가끔 술잔을 기울이면서 한다.

경찰대학에서의 생활은 순탄하지 못했다. 경찰교육보다는 대학교육에 보다 중점을 둘 것이라 예상했던 경찰대학 생활은 예측이 완전히 빗나갔다.

육사의 규범을 준용한 예비입학 훈련과 생활지도 방식은 한 학기동안 외대 신입생의 자유로운 생활을 경험한 나로서는 쉽게 수용하기 힘든 과정이었다.

극한의 고통을 경험했던 예비입학 훈련 과정을 거쳐 대통령이 참석하는 졸업식 행사에 대비해 한 달 여 이상 분열 훈련만 했던 신입생 생활은 육체적으로나 정신적으로 앞으로의 삶에 대한 우려가 컸던 시절이었다.

그래도 함께 고통을 나눴기에 동기애는 형제애에 육박할 만큼 커졌다. 무엇보다 우수한 자질의 건전한 사고방식을 가진 120명과 형제가 된다는 것은 즐거운 경험이었다.

경찰대학에서의 생활은 대학생으로서의 경험이라기보다는 예비경찰 간부로서 자질 함양에 초점이 맞춰져 있었다.

적군을 상대하는 군대가 아닌 시민을 상대로 하는 경찰간부가 너무 획일적인 잣대로 사안을 판단하는 것은 경찰뿐만 아니라 시민들에게도 불행이 될 수도 있다는 생각을 갖게 됐다.

　　영혼은 자유케 하겠다는 의지로 획일적 분위기에 휩쓸리지 않기 위해 스스로를 늘 경계했는데 당시에는 힘이 들었지만 졸업 후 일선 경찰 생활 적응에는 더 도움이 되었다.

　　2학년 때는 경찰대학 동기생회장에 입후보해 당시 동기들

▲ 청람체전(1996)

로부터 신망이 높았던 모 동기와 경쟁했다. 선거의 달인답게 개별 설득 전략으로 동기회장에 뽑혔고, 이 일을 계기로 늘 떠 있는 느낌이었던 경찰대 학창 시절이 다소 안정화됐다.

3학년 때 척추전방전위증이 심화돼 경찰병원에서 치료를 받다 증세가 악화돼 결국 휴학을 했다. 재수로 입학한 데다 휴학까지 하니 군 입대 영장이 나왔고 병무청에서 결국 군면제 처분을 받았다.

그러나 국가와 사회에 대한 의무를 다하는 것이 기본이라

▲ 졸업식에서 어머니와 함께(2000)

▲ 일산 기동대(2001)

는 생각이 확고했기 때문에 4학년 때 다시 재검을 신청해 현역 처분을 받았고, 가지 않아도 됐던 논산훈련소 군사훈련을 받고 전경대·기동대 소대장으로 근무했다.

보수의 가치

기본적인 가치질서를
존중하며 국가와 사회에
대한 의무 다해야

▲ 김대중 대통령 방문(2000)

보수의 가치는 기본적인 가치질서를 존중하며 국가와 사회에 대한 의무를 다하는 것에서 시작돼야 한다. 보수를 표방하는 사람들이 개인적 이해관계에 함몰되어 의무를 다하지 않아 보수의 품격과 신뢰를 떨어뜨리는 문제가 어제 오늘 일이 아닌 만큼 각성이 필요하다고 본다.

2000년 김대중 대통령이 참석한 경찰대학 졸업식에서 부끄럽게도 재재검을 통해 현역으로 전환한 나의 사례가 소개됐다.

한편으로는 뿌듯했지만 의무를 다하는 것이 칭찬받는 현
실에 어리둥절했던 기억이 있다.

민주노총과 일선에서 맞선 노동 시위현장

경찰대학 졸업 후 첫 근무지가 제주 공항경찰대 부대장이었다.

공항 활주로를 따라 6개 소대와 본부 소대가 있었다. 휴가자 중에 육지로 가지 않고 제주도에 머물기로 한 제대가 얼마 남지 않은 대원들을 한 달에 한 번 가량 성산 일출봉에 데려가곤 했다.

관광도 하고 고민 상담도 해 줬는데 전경대 근무가 끝나갈 무렵 대원들 40여 명이 각자 자신들의 사진이 담긴 편지를 선물해 줘 큰 감동을 받았다.

당시 대원 중에는 어릴 적 어머니가 집을 나갔고 아버지는 중증 시각장애인이며 형은 의정부교도소에 수감 중인 가정

형편이 딱한 친구가 있었다.

이 대원이 후임 대원이 자신이 타 부대에서 전출 왔다는 이유로 대우해 주지 않는다며 식판 모서리로 머리를 때려 상처를 크게 입은 일이 있었다.

상처가 난 후임 대원의 모친은 학교 선생님이었는데 후임 대원이 배치됐을 당시부터 내가 전화를 드려 가끔 소식을 전했기 때문에 신뢰 관계가 형성돼 있었다.

다행히 모친께서 큰 문제를 제기하지 않았고 가해 대원 역시 진심으로 반성했기에 영창 및 타 부대 전출 없이 사안을 마무리 할 수 있었다.

가해 대원은 가정형편 등을 고려해 부대에서 취사병으로 배치해 한식 및 양식 요리사 자격증을 따도록 배려해 주었다. 자격증 취득 후 제대하여 좋은 직장에 취업했다는 소식을 들었을 때는 정말 내 일처럼 기뻤다.

사고가 발생했는데 자체 종결한다는 것은 실은 커다란 리스크를 수반하기에 권하고 싶은 대응방식은 아니다. 그러나 가해·피해 대원들의 상황을 정확히 인지하고 있었고 주변과도 신뢰관계가 형성돼 있었기 때문에 과감한 해결을 도모할 수 있었다.

책임자의 올바른 상황 인식과
공감 능력 및 진영을 넘나드
는 꾸준한 스킨십

갈등과 문제의 해결은 갈등을 해소해야 할 책임자의 올바
른 상황 인식과 공감 능력 및 진영을 넘나드는 꾸준한 스킨
십에 있다고 생각한다.

지금 우리 사회가 그동안 한 번도 해 보지 못한 극단적 분
열로 치닫는 데는 엉뚱한 상황인식을 기반으로 일방적 시각
에서 자신의 관점만을 고수하는 심판이 많기 때문은 아닐까.

2001년 제주공항경찰대 120 전투경찰대 근무를 마치고 경
기도 일산에 소재한 경기 기동 7중대 3소대장으로 발령 받았
다.

경기 기동 7중대에서는 시설 경호경비에 집중하는 제주공
항경찰대와 달리 집회 대응 업무를 본격적으로 맡았다. 집회
중에서는 충분한 명분을 가진 집회도 있었지만, 집단 이기주

의에 매몰된 공감을 얻기 어려운 집회가 더 많았다.

당시 단병호 전 민주노총 위원장이 구속돼 서울구치소에 수감돼 있었다. 이의 석방을 요구하는 집회 대응을 위해 내가 속해 있던 7중대가 배치되었는데 한 극성 시위자가 대원들 헬멧을 벗기고 대원을 심하게 폭행하는 것이 아닌가?

집회의 명분을 떠나 폭력집회에 대해서는 엄정 대응해야 하고 더 큰 불상사를 막기 위해 소대장이었던 내가 직접 나서 그 사람을 적극 제지하자 "네가 그렇게 충성해 봐야 결국 내 발끝에도 미치지 못하는 벌레로 살 것이다"라고 얘기하며 모욕을 줬다.

이에 나는 "내가 너를 제지하는 것은 너처럼 출세하기 위해서가 아니라 대한민국의 또 다른 주인인 우리 대원들이 내 동생이기 때문이다"라고 얘기했다.

그러자 소대원들이 시위대보다 더 크게 함성을 내며 시위대를 해산시켜 놓았다. 당시 경기도 기동 중대는 중대별로 다른 모자를 썼는데 빨간 모자를 썼던 7중대가 나타나면 자신들보다 더 '똘끼' 있는 부대라며 의미 없는 몸싸움을 시도하지 않았다.

당시 우리 부대원들에게 극렬하게 폭행을 주도했던 인물이 지금은 좌파 진영의 저명인사가 됐다. 현재 대한민국의 모순을 극적으로 대변한다고 본다.

2001년 당시 연봉 7000여만 원을 받던 한 공공기관 노조에서 본사 건물을 점거한 적이 있다. 그런데 이들이 건물 밖에서 대기하고 있던 우리 부대에 시위대에서 인분을 비닐봉지에 담아 우리 부대에 던지는 게 아닌가?

경찰 역시 국민이고 또한 그들이 저항의 명분으로 삼은 기득권층이 아닐진대 이러한 파렴치한 행동에 분개해 지휘부에 강력 대응을 촉구하고 몇몇 언론사에 제보를 했다.

지휘부는 나를 설득시키기에 바빴고, 기사 한 줄 반영되지 않았다. 좌파 귀족노조의 민낯을 여실히 경험했고, 경찰 고위층들의 무사안일과 보신주의에 크게 실망했다.

당시 대원들에게 도움이 될 만한 것들을 고민하던 중 자신의 이름조차 한자로 쓰지 못하는 대원들이 거의 절반에 육박한다는 것을 알게 됐다. 이를 계기로 대원들에게 한자 학습책을 모두 선물한 뒤 한 달에 한번 점호시간을 이용해 시험을 봤다.

처음에는 힘들어하던 대원들이 점점 흥미를 가졌고, 이러한 내용이 당시 MBC '책, 책, 책을 읽읍시다'에 소개돼 유재석·김용만 MC가 나를 인터뷰했다. 인터뷰 당시 대원들이 "대장님 사랑합니다"라고 함성을 질러 당시 방송을 봤던 전국 각지의 경찰대 동문들로부터 많은 칭찬을 들었던 기억이 있다.

기동대 근무를 마치고 떠날 때 제주도 공항경찰대 근무 때와 마찬가지로 대원들이 자신의 사진이 든 수기 편지를 선물했다. 아직까지도 가장 소중한 보물 중 하나이다.

MBC 느낌표 〈책을 읽읍시다〉

매일매일 자기자신을 되돌아봐야 되기 때문에

항상 책을 가까이 해야 된다고 생각합니다

그래서 대원들에게 적극 권장하고 있습니다

(대원들을) 동생같이 생각하고 있습니다

대원들을 사랑하고 있습니다

사기 · 도박… 온몸으로 부딪친 민생범죄 현장

기동대 생활을 마치고, 부모님 고향인 포항북부경찰서에 발령받았다. 포항북부서 수사과 조사계에서 근무했다.

당시 다뤘던 사건 중에 기억에 남는 것은 자칭 언론인이라 주장하는 사건과 경주에서 농장을 운영하던 사람의 사건이었다.

자칭 언론인 사건은 지역 광고 신문을 운영하는 사람 사건이다. 전봇대에 철사를 묶어 광고지를 배치했는데 애기를 업고 지나가던 애기엄마가 철사에 긁혀 애기가 상처가 심하게 난 사건으로 구청에서 고발돼 내게 배당이 됐다.

상처가 난 부분이야 민사 사안이고 단지 옥외광고물관리법 위반 혐의에 대해서만 조사하면 되는 사안이었다.

다른 지역에서도 광고 신문을 운영하고 있어 소환을 하면 다른 지역으로 이송 요청하고 그 지역에서도 소환하면 다시 포항으로 이송 요청하기를 7차례 가량 반복했다.

사안은 경미하나 죄질이 나쁘다고 판단해 체포영장을 신청했다. 검찰과 법원에서도 죄질이 불량하다고 판단했는지 영장을 청구 및 발부해줬다.

그래서 체포영장을 바로 집행해 유치장에 수감시켰는데, 언론탄압이라는 항의 전화를 십수 차례 받고 경찰 내부에서도 너무 지나친 것 아니냐는 얘기를 들었다.

법이란

가진 자와 힘이 있는 자에게 더 엄격하게 적용해야 한다

하지만 나는 법은 가진 자와 힘이 있는 자에게 더 엄격하게 적용해야 한다는 소신을 갖고 있다.

다친 애기와 애기 엄마의 심정을 생각해 소신 있게 수사했다. 무엇보다 상당한 배상을 받게 된 애기엄마의 감사 전화를 받았을 때는 경찰이 이러한 보람에 하는 게 아닌가 하는 생각이 들었다.

경주 농장 사건은 경주에서 농장을 운영하던 분이 사기를 당해 10억 가량을 편취 당했는데 아직 변제기한이 되지 않아 고소가 아닌 진정을 한 사건이었다.

진정 사건은 경찰에서 조사해 혐의가 없으면 내사종결이 가능한 것으로 진정인 진술에 따르면 기한 도래가 되지 않았지만 조사할 필요성이 있다고 판단하여 조사해 보니 피진정인이 다른 사건으로 경주교도소에 수감이 되어 있었다.

그래서 경주교도소로 출장 조사를 갔는데 피진정인은 상당한 압박을 느껴 진정인과 합의를 하고 사건은 내사 종결됐다.

그런데 농장 주인이 나를 다방으로 따로 불러 엉엉 울면서 한 푼도 못 받을 줄 알았는데 돈을 받게 되어 너무 감사하다며 1억이 든 가방을 건네는 게 아닌가?

순간 당황했지만, 돈을 벌기 위해 경찰이 된 것은 아니라며 정중히 거절했다.

당시에 금액이 큰 사건이 합의되어 내사종결된데 대해 의문을 가진 포항지청 모 검사가(지금은 변호사로 있다) 이 사건을 들여다 보았다.

내가 큰 금액을 거절한 것을 알고는 "당신은 정말 훌륭한 청년 경찰간부다. 큰 인물로 성장할 거다"로 하며 이를 들여다 본 것에 대한 사과와 더불어 칭찬을 아끼지 않았다.

욕심

인생의 방향이 어떻게 흘러갔을지

당연한 거절을 했지만, 만일 조그만 욕심에 눈이 멀어 이를 받아 인생의 방향이 어떻게 흘러갔을지 생각하면 섬뜩해지기까지 한다.

포항 북부서에 함께 근무하며 선린대 경찰행정학과에 겸임교수로 출강하던 경찰대 선배가 한 학기 대학 강의(수사학)를 맡아 줄 것을 제안했다. 가르치기 위해서는 공부해야 하고, 공부가 현업에도 도움이 될 것 같아 큰 고민 없이 야간부 강의를 맡았다.

학생들 중에 은행원, 현직 경찰관, 검찰 파견 해양경찰관 등 사회 경험과 수사실무 경험이 많은 이들이 있어 처음에는 걱정이 많았지만, 일방적인 강의가 아닌 대화와 토론을 통해 관행에 얽매인 수사 방식에 대한 문제점에 대해 고민해 볼 수 있었다.

선린대 경찰행정학과 학과장께서 학생들 반응이 좋다며 겸임교수를 맡아줄 것을 요청해 와 1년 가량 수사와 경찰학에 대해 강의하고 공부할 수 있는 뜻 깊은 시간을 보냈다.

조사계 순환 근무 후 배치된 곳이 동해안 최대 어시장인 죽도시장을 관할하는 죽도1파출소장이었다. 당시 세 분 부소장님들이 경찰서에서 가장 나이가 많은 48, 49, 50년생으로 거의 아버지뻘이었다.

아들뻘 소장에게 지휘를 받을 그 분들 심정을 이해하고 동시에 경륜을 활용하기 위해 각 조별 회의를 부소장님께 맡기는 등 업무를 상당부분 위임했다.

또한 관내 외부 행사 때는 부소장님들과 꼭 함께 참석했으며 포항이 부모님 고향이었기에 친척들과 지인들이 많아 적지 않은 주목의 대상이 되었기에 조심스럽게 행동했다.

소장으로 근무하던 중 관내에서 초등학교 운동회가 열렸는데 동장과 예비군 중대장, 파출소장이 초청됐다. 그런데 교장선생님께서 갑자기 예정에도 없던 파출소장 축사를 시키는 게 아닌가?

당시 덜덜 떨며 "어린이 여러분, 승리가 중요한 게 아니라 공정한 경쟁이 중요합니다"라고 짧게 얘기한 후 내려 왔는데 지금 생각해도 민망한 경험이었다.

당시 포항북부경찰서에는 18개의 파출소가 있었고, 9개 파출소는 경위가 여타 9개는 경사가 파출소장직을 수행했다.

아들 뻘 소장과 일하느라 불편했을 부소장님들을 위해 서장님을 찾아가 "경험과 실력이 일천한 제가 큰 사고 없이 파출소장직을 수행한 것은 경험 많은 부소장님들 덕분이라 생각합니다. 부소장님들이 정년 전에 경사 파출소장직이라도 맡고 퇴직하셔야 되지 않겠습니까?" 라고 부탁을 드렸다.

서장님께서 "네 말이 맞다. 조직생활은 늘 아래를 봐야 한다"고 칭찬해 주시며 세 분 모두 경사 직급이 맡는 파출소장으로 발령을 내 주셨다.

당시 동생이 서울 법대 졸업 후 사법시험에 최종 합격해 부모님 고향이었던 흥해에서 친척분들을 모시고 조촐한 잔치를 열었다. 부소장님 중 한 분이 관할 파출소장이었던 관계로 잔치에 참석하셔서 근무복을 입고 춤을 추시며 "제가 30여 년 경찰생활 동안 많은 회의를 갖고 살았는데 나이는 어리지만 배려와 헌신할 줄 아는 김원성 소장 덕분에 정년퇴

직을 몇 개월 앞두고 경찰조직에 희망을 갖게 됐습니다."라
고 말씀하셨다. 당시 가족 친지들 앞에서 민망했고 음주사고
도 걱정됐지만, 다행히 별다른 문제없이 마무리 됐다.

부소장님 세 분 모두 파출소장으로 영전되자 직원들은 내
가 서장님의 인사권에 영향을 끼칠 수 있다고 생각했는지 수
배자 검거, 교통단속 등 실적을 높이기 위해 지나칠 정도로

열심히들 해 주었다. 그런데 실적에는 도움이 되었지만 적극적인 경찰활동으로 주민들 불만이 이만저만이 아니었다. 주민 친화적 치안활동이 범죄 예방에 중요한 부분이라고 생각해 왔기 때문에 그 때부터 적극적으로 파출소장 훈방권을 행사했다.

즉결심판에 관한 절차법에 의거 선고형 20만원 이하 사건이어서 훈방이 가능했다. 그러나 실무적으로는 단속 실적 경쟁 등의 이유로 행사되지 않았던 훈방권을 노인과 소년들의 경미한 범죄 및 개인별 특수한 사정 등을 고려해 적극적으로 행사했다.

그리고 관내 어려운 가정환경에 있던 학생들과 파출소 주변 식당 어린 배달원들을 모아 일주일에 한 번 가량 학습 지도를 하는 등 주민들을 감화시키자 자발적으로 범죄예방활동에 적극 동참하는 분위기가 형성됐다.

경찰청에서 특정 사건에 대한 대응력 제고 차원에서 파출소를 지구대로 바꿨는데 이는 주민 친화적 치안 활동에 역행한다고 생각한다. 주민과의 유착을 두려워하기 보다는 주민과 소통하는 치안활동으로의 프레임 전환이 시급하며, 파출

소는 참여 치안을 통한 범죄 예방력 제고 차원에서 재도입이
필요하다고 본다.

<table>
<tr><td>파출소 도입</td><td>참여 치안을 통한 범죄 예방 제고 차원, 재도입 필요</td></tr>
</table>

소장으로 재직하고 있을 때 허름한 옷을 입고 초췌한 외모
의 사람이 파출소를 찾아와 "난 3년간 '아도사끼' 도박에 5억
을 잃었다. 도박 장소는 수시로 바뀌며 봉고차를 타고 이동
하는데 휴대폰을 뺏기기 때문에 장소는 특정할 수 없다. 돈
은 찾을 수 없겠지만 도박장을 개설하는 사람을 혼내달라"며
도움을 청해왔다.

횡설수설하는 바람에 신빙성은 낮아 보였지만 비번 직원
들의 협조를 얻어 봉고차를 미행했다. 차량 진입 입구에 무
전기를 든 감시자들이 4명 정도 있었다. 보아하니 파출소 직
원들만의 역량만으로는 검거가 어렵다고 판단해 강력반장에
게 협조를 구했다.

당시 강력반장이 내가 겸임교수로 출강하던 선린대 경찰행정학과 야간부 학생이었는데 적극적으로 도와줬다. 그래서 15명 이상 검거하고 3명을 구속시킨 사건이 있었다.

교훈

상대방의 입장에서 마음을 열어야 문제 해결의 실마리를 찾을 수 있다

자신의 아집과 독단적 판단보다는 상대방의 입장에서 마음을 열어야 문제 해결의 실마리를 찾을 수 있다는 훌륭한 교훈을 얻게 된 사건이었다.

◀포항 파출소장 재임시 관내협력치안회의 (2003)

국가 상황관리·정책 결정의 핵심 '정보국'에 가다

포항에서 파출소장을 마치고 2004년 경찰청 정보국에 발령받았다. 당시 경찰청 정보국은 경찰 간부라면 누구나 가고 싶어했던 곳이다. 경찰 고위 간부들의 절반 가량이 정보국 출신이라 출세가 보장되는 것은 물론, 전국의 모든 정보가 취합돼 청와대, 총리실, 행정안전부 등 30여 개의 기관에 배포되는 국가의 상황관리와 정책 결정 메커니즘을 경험해 볼 수 있는 곳이었기 때문이다.

포항 근무기간 동안 일선 경찰관 동료들과 지역 주민들의 강력한 지지를 받았던 덕분에 당시 일면식도 없던 지역 국회의원 중 한 분이 경찰청장과 정보국장 등에게 추천해 발령을 받게 됐다. 그러나 수도권이 아닌 지역 경찰관이 수도권을 거치지 않고 경찰청 정보국으로 바로 입성한 전례가 거의 없었기에 정보국에 있던 선배들에게 '낙하산'으로 인식됐다.

게다가 정보국 발령자를 위한 고위 간부 주관 회식 때 고위간부가 특정지역 폄하 발언을 하면서 자신보다 나이가 많은 부하 직원 머리를 장난삼아 툭툭 치는 모습에 분개해 직접 강하게 항의했던 일을 계기로 직속 상관(나중에 해양경찰청장까지 역임)이 고위 간부에게 질책을 받는 사건이 발생했다.

직속 상관에게 사과드리며 일선서로 돌아가겠다고 말하니 "사람들 마음은 본래 간사하고 간사한 마음들에게 휘둘리면 아무것도 하지 못한다. 나는 가식적으로 굴종하는 대부분 정보국 직원들보다 정직하게 분노하는 네가 더 좋다"며 오히려 격려해 주었다.

경찰대학 선배도 아니고 고졸에 호남 지역 출신인 그 직속 상관의 말씀에 감동했고, 그 이후로도 정보국 생활이 편안하지는 않았지만 꿋꿋이 이겨낼 수 있는 계기가 되었다.

나 뿐만 아니라 많은 경찰 후배들의 존경을 받던 그 직속 상관은 이후 인천경찰청장과 경찰청 차장을 거쳐 경찰 최고 위직인 해양경찰청장까지 역임하였다.

사람들을 이해하고 감싸는 마음이 원동력이지 않았을까 생각해 본다. 반면 안하무인 행동을 보인 최고위 간부는 몇 년 지나 쓸쓸하게 퇴직했고, 아무도 그 분을 동정하지 않았다.

정보국에서는 노동 관련 상황정보를 담당하는 정보3과에서 근무했다. 현대차 노조, 철도노조, 화물연대, 플랜트노조 등 노동쟁의 과정에서 야기되는 각종 상황을 취합·정리해 청와대 국정상황실, 민정수석실 및 노동비서관실에 전파하였다. 총리실과 행정안전부 치안정책관실 및 노동부 상황실 등에도 공유하며 정부에서 정확한 상황 판단을 바탕으로 최적의 정책 결정을 하도록 조력하는 게 주요 임무였다.

참여정부 시절이라 노동 친화적 정책에 대한 요구가 거셌지만, 정부 내 노동정책을 총괄하는 사람들은 불법 점거나 파업에 대해서는 강경한 방침을 고수하였고, 민주노총 등 노동단체에 전혀 끌려가지 않았다.

정무적인 상황보다 법과 원칙에 입각한 경찰 대응

당시 총리나 청와대 노동비서관이 정무적인 상황보다 법과 원칙에 입각한 경찰 대응을 강조했다.

과거 참여정부는 현재의 문재인 정부보다 진영논리보다는 국가 운영의 관점에 포커싱을 맞췄던 것 같다. 국익을 위해 지지기반의 반대를 무릅쓰고 한미FTA, 이라크 파병, 제주 해군기지 건설 등을 추진했던 것이 그 증거다. 이에 대해서는 우파 진영에서도 상당한 평가가 이뤄져야 한다고 본다.

당시 우파가 집권 했었다면 좌파 진영의 극렬한 반대로 정책 시행이 어렵지 않았을까?

노동문제 현장에서 만난 '아내'

정보국에서 담당했던 여러 사안 중 당시 큰 이슈가 됐던 사안이 KTX 여승무원 노조 문제였다. 당시 철도공사에서 KTX 출범을 앞두고 준공무원 대우를 약속하며 KTX 여승무원을 채용했는데 현직 항공사 승무원들까지 지원하는 등 1기 여승무원들은 높은 경쟁률을 뚫고 입사했다.

철도공사에서 채용 당시 내건 모집 요강을 보면 공사 비정규직으로 채용한 뒤 1,2년 뒤 공사 정규직으로 전환시킨다고 돼 있었다. 그런데 직접 고용에 부담을 느낀 철도공사에서 자회사인 홍익회 파견 정규직으로 전환하겠다는 방침을 정했다.

이에 분노한 여승무원들이 국회 등을 점거하며 농성을 벌였다. 당시 정보국에서 객관적인 사실관계를 파악한 나는

KTX 여승무원들의 주장이 정당하며 철도공사 측에서 일종의 사기를 친 것이라 판단할 수밖에 없었다.

정부에서도 철도공사 측의 잘못을 충분히 인식하고 있었지만, 공공기관에서 비정규직을 정규직화하는 선례가 생길 경우 대규모 사업장의 비정규직 정규직화 요구가 봇물을 이룰 것이고 민간 경제에도 심각한 타격을 줄 수 있다는 논리로 KTX 여승무원 노조 주장에 대한 수용불가 방침이 확고하게 정해졌다.

이런 와중에 KTX 1기 여승무원이었던 지금의 아내를 KTX에서 처음 만나게 되었다. 명절도 없이 상황을 관리하던 나를 안타깝게 생각하신 직속 상관이 "이번 설에는 고향에 다녀와도 좋다"고 하셔서 서울역으로 달려갔는데 전 좌석이 매진이었고, 달리 방법이 없어 기차표 없이 KTX에 몸을 실었다. 그리고 한 승무원에게 표를 구하지 못해 기차를 탔다고 얘기했다.

"고향에는 가고 싶고, 표는 구할 수 없어 열차를 탔는데 당신들이 투쟁하는 이유와 마음을 이해하는 사람이니 부과금을 최소화해 달라"고 요청하자 요금의 10배까지 부과할 수 있는 부과금을 규정상 최소 부과금인 요금의 50%만 부과해 주었다.

알고 보니 그 여승무원은 KTX 여승무원 노조 쟁의부장을 맡고 있었고, 대한항공과 KTX 채용에 모두 합격한 뒤 대한항공 최종 면접일에 KTX 시범 운행단으로 뽑혀 가지 못한 데 대한 아쉬움과 함께 철도공사에 대한 분노가 큰 사람이었다.

끝이 보이는 투쟁을 하고 있는 그 사람이 안타까우면서도 소신있는 모습에 인간적인 매력을 느꼈다.

결국 정보국 방침을 어기고 노동상황 정보를 맡고 있는 신분을 공개한 뒤 개인적 만남을 요청했고, 그렇게 부부의 연을 맺게 됐다.

당시 아내에게 나는 "공공기관 비정규직의 정규직화 불가라는 정부 방침은 확고하다. 당신 주장은 정당하지만, 소모적인 투쟁은 무의미하다"는 취지로 설득했다. 이는 당시 아내뿐만 아니라 아내 친구들 10여 명까지 파업 대오에서 이탈하는 결과를 초래했다.

이러한 이탈 때문에 여승무원들 내부에서 이탈자들을 공격하는 상황이 벌어졌고 내 아내와 아내 친구들은 그들로부터 온갖 욕설과 저주를 받는 상황에 이르렀다.

난 사랑하는 사람이 그런
일을 겪는 것을 참을 수 없었
다. 모 전 장관처럼 가족들이
온갖 저주와 멸시의 대상이
되면서까지 이뤄내야 할 만한
가치는 세상에 없다고 생각한
다. 그래서 그만둘 것을 권유
했고, 그 이듬해 부산에서 결
혼했다. 자신의 신념과 꿈을
나를 위해 포기해 준 아내를 생각하면 가슴이 저리고 늘 미
안한 마음이다.

또 한 분의 든든
한 후원자는 장인어
른이다. 장인·장모
님은 대기업에서 만
난 사내커플로 시대
를 앞서간 깨어있는
분들이었다. 과거의
관습이나 명분에 얽
매이기 보다는 실리

를 추구하며 시대의 흐름에 능동적으로 대응해야 한다고 늘 조언해 주었고, 당신들이 행동으로 보여 주었다.

　사위를 백년손님이 아니라 아들처럼 대해 주었고, 가정에 소흘한 남편에 대해 아내가 불만을 토로할 때면 늘 아내를 책망해 심지어는 아내가 "우리 부모님이 당신 부모님 같다"고 불평할 정도였다.

　장인어른이 운영하던 회사는 1980년대 후반 유망 중견기업으로 선정되기도 했다. 위험 부담이 컸던 베트남과 중남미까지 진출하는 도전정신과 사업보국이라는 기업가로서의 투

철한 사명감과 철학을 가진 분이다.

지금은 작은 규모의 숙박업을 하고 있으나 세상 어떤 기업
인보다 웅지를 품으셨던 장인어른을 통해 세상에서 가장 이
윤이 많이 남는 장사는 사람의 마음을 사는 장사라는 것을
깊이 깨달았다. 또한 시대의 흐름을 읽는 눈과 포부를 다지
게 됐다.

2006년 초 결혼하기에 앞서 난 소설가 이문열 선생을 지
금의 아내와 함께 찾아갔다. 문단에서는 이문열 선생에 대해
우파적 사고에 매몰된 사람으로 묘사하고 있지만, 소설『시
인』,『우리들의 일그러진 영웅』등을 들여다보면 이문열 선
생의 정치적 스탠스를 이해할 수 있다고 본다.

월북을 감행한 아버지로 인해 끊임없이 우파 정권하에서
의심을 받았고, 문단을 실질적으로 이끄는 좌파 인사들로부
터는 작가적 명성에 비해 참여를 거부하는 그는 이른 바 회
색 분자였다.
소설『시인』에서 김삿갓은 과거 조부의 선택으로 인해 집
안이 풍비박산나고 힘든 세월을 겪은 뒤 과거 시험에서 조부
를 신랄하게 비난하며 장원 급제하지만, 조부의 선택이 잘못

된 것이 아닐 수도 있다는 깨달음과 자신의 근원을 부정했다는 부끄러움으로 방랑길에 올랐다.

『우리들의 일그러진 영웅』에서 주인공은 불의한 '엄석대'에 가장 강력히 저항했고 고통을 겪었지만, '엄석대'가 무너지기 시작하자 가장 먼저 등을 돌리고 극렬히 공격하는 '엄석대'를 옹호했던 친구들에게도 또 다른 '불의'를 보았기에 공격에 가담하지는 않는다.

나는 소설가 이문열에게서 체제와 이념이 주는 모순 속에서 방향을 쉽게 정하지 못하는 시대적 양심을 읽었고, 늘 꿈꾸는 '모두가 행복한 세상'에 대한 답을 얻기 위해 아내와 함께 선생님을 찾아뵈었고, 결혼식 주례를 부탁했다.

당시 이문열 선생은 "아직 주례를 맡기에는 어린 나이다"라고 정중히 거절하셨지만 짧지 않은 시간 동안 많은 얘기를 해 주셨다.

특히 내게 꼭 정치를 해보라고 말씀하셨고, 당신 같은 용기와 배짱이면 어떤 불의에도 맞설 수 있을 것이라며 격려해 주셨다.

정보국 근무에서 깨달은 정부의 모순

정보국 근무 당시 타워크레인 노조와 화물연대 파업 등으로 거의 보름 동안 집에 들어가지 못하는 등 대단히 고단한 생활을 했다.

다양한 기관과 단체에서 활동하는 사람들과 만날 수 있었고, 국가 의사 결정 구조의 메커니즘을 직·간접적으로 경험할 수 있는 좋은 기회를 가질 수 있었던 것은 인생의 행운이었다.

당시 직속 상관이었던 정보3과장 중 한 분이 경찰청장, 한 분은 해경청장까지 승승장구 했던 것은 그런 시스템 작용을 정확히 이해하고 적절한 판단을 내릴 수 있는 힘이 생겼기 때문이라고 본다.

참여정부에서 추구했던 시대정신은 칼 포퍼의 『열린사회와 그 적들』에서 언급했던 시민 사회의 적극적 참여였다. 그만큼 끊임없는 시민사회의 활동들이 있었지만 그래도 자유민주주의적인 헌법 가치를 훼손할 만한 시도는 없었다.

그러나 문재인 정부는 진영논리에만 사로잡혀 '적폐 청산'이라는 화두로 자유민주주의 가치 질서를 허무는데 함몰돼 있다.

목적을 위해서는 수단이 정당화되고 개인의 자유를 끊임없이 억압하고 있다. 방식은 공포와 두려움을 심는 방식인데 과거 권위주의 정권보다 더 집요하고 자기중심적이다.

논리는 간단하다. "훨씬 더한 불의(不義)가 존재하니 불의가 제거될 때까지 우리의 티끌 같은 잘못은 눈감아주고 이를 문제 삼는 사람들은 역사의식이 부재한 사람이니 상종할 필요가 없다."

그런데 우스운 것은 훨씬 더한 불의는 세상에 존재하지 않으며, 존재한다 하더라도 이미 정치적 괴물이 된 그들이 손

쉽게 제거할 수 있다는 점이다.

난 단언하건데 현재 그들이 설정한 최고의 불의인 검찰의 힘이 빠지면 또 다른 집단을 거악으로 만들어 집요하게 공격할 것이라고 본다. 그들은 거악 내지 기득권을 만들고 이에 대한 투쟁의 방식을 통해 정치적 동력을 얻었고, 이를 극적으로 잘 활용하는 집단이기 때문이다.

자신들이 대한민국 최고의 기득권이 된 현 시점에서도 끊임없이 저항하고 투쟁하는 과거의 행태를 반복하는 것을 보면서, 좌우를 떠나 상식적인 국민이라면 과거에만 함몰되어 앞으로 한 발짝도 나가지 못하는 대한민국에 불안감을 느끼는 건 당연하다.

문재인 정부는 자신이 몸담았던 참여정부보다도 역사적으로 퇴행의 길을 가고 있으며 조지오웰의 1945년 소설 『동물농장』에서 혁명을 이끈 돼지들을 연상케 한다. 혁명을 이끈 돼지들이 '평등한 동물 공화국'을 기치로 내걸었지만 갈수록 돼지들의 권력투쟁과 부패가 심화하게 되었고 특권층 돼지들은 금지한 술을 마시고 자신의 자녀만을 위한 고급 교실을 짓는 등 스스로가 비판했던 적폐를 답습했다. 이에 불만을 갖는 동물들이 등장하자 식량 배급을 줄이고 숙청하는 등 이른 바 '공포정치'를 강화한다. 당초 '모든 동물은 평등하다'고 내걸었던 슬로건은 '어떤 동물은 다른 동물들보다 더 평등하다'라는 부칙으로 바뀌기까지 한다.

1945년에 소설 속 상황이 2019년 대한민국에 재현되고 있다는 것은 조금만 세상의 흐름에 관심이 있는 사람이면 절감할 수밖에 없으리라!

이번엔 바다 수호, 해경으로의 도전

2007년 경찰청 정보국에서 나와 승진 공부를 하기 위해 서울 31개 경찰서 중 치안 수요가 다소 적은 서울 은평경찰서로 지원했고 정보과 기획정보반장으로 배치되었다.

조용한 곳이라 생각해서 지원한 곳이었는데 와서 보니 간단치 않은 문제들이 많았다. 우선 31개 경찰서별 평가에서 우수한 성적을 받기 위해 상황정보가 거의 없는 은평서에서는 정책·기획 정보의 의존도가 높았고, 본청 정보국에서 온 내게 서장님과 과장님이 성적에 대해 큰 기대를 하시는 게 아닌가?

상반기에 업무에 집중하고, 하반기에 공부하겠다는 생각을 했는데 상반기에 은평서 정보과가 31개 경찰서 중 1위를 차지하자 서장님께서 이에 고무돼 하반기에도 성과를 내면 시험승진이 아닌 심사승진을 추진하겠다고 말씀하셨다. 하반기에도 열심히 하여 2위의 성과를 냈으나 서장님이 연말 갑자기 교체 되면서 심사 승진도 수포로 돌아갔다.

2007년 말 이명박 대통령이 당선된 뒤 최측근인 이재오 의원 지역구에 위치한 은평경찰서가 핵심 경찰서로 부상하기 시작하면서 당선인 후보시절 경호를 책임지던 경찰청 경호과장이 갑자기 경찰서장으로 부임했다.

개인적으로는 배울 점이 적지 않고 정보 출신으로 감각도 뛰어났지만, 다시 한번 자신을 도와 은평경찰서에서 열심히 일해 달라는 얘기를 들었을 때는 이미 열정이 많이 사라진 상태였다.

그러나 당시 기획정보반에서 함께 근무했던 분 중에 지금도 형제처럼 지내는 분이 있는데 그 분을 위해 힘을 내기로 했다.

해병대와 청와대 101 경비단 출신으로 열정적인데다 정책 보고서 작성 시 자신이 가진 모든 네트워크를 동원해 보고서의 설득력을 높이는데 혼신의 힘을 다한 사람이었다.

그 결과 개인 평가가 서울청 산하 정보관 1000여 명 중 전년도 2위였고, 그 해에도 2위를 차지했다. 그러나 특진은 1위를 한 단 한사람에게만 주어지기에 이 분을 위해 서울경찰청 인사 및 감찰과와 서울경찰청장에게 "2년 연속 2위를 한 사람이 1년 동안 1위를 한 사람보다 조직에 훨씬 더 많은 기여를 했다고 생각한다. 특진을 고려해 달라"는 취지로 편지를 보냈다.

그런 나에게 오히려 그 분은 "경찰 조직이 그렇게 합리적인 조직이 아니다. 왜 나를 부끄럽게 하느냐?"며 술자리에서 책망과 항의를 했지만, 난 멈추지 않았고 결국 그 분은 그해 특진했다.

내가 기업을 선택할 때도 좌파 전체주의와 힘겨운 싸움을 하기로 마음먹은 이 순간에도 그 분은 "너의 결단과 추진력을 믿고, 반드시 승리할 거라 생각한다"며 힘을 불어 넣어주고 있다.

정작 나의 심사승진은 예상대로 탈락했다. 동시에 해양경찰청에서 경찰대 출신 중 정보와 수사 경력자들을 대상으로 경감 특채를 진행한다는 소식을 들었다. 당시 주변 분들이 정체돼 있는 육상경찰에 비해 해양경찰의 조직과 역할이 확대될 가능성이 높다며 적극 권유해 주었다. 부산 영도 출신으로 늘 바다와 가까이 있었고 바다에 대한 일종의 동경이 있었기에 고민 끝에 해경 경감 특채에 지원했고 예상보다 높은 경쟁률을 뚫고 합격했다.

해경으로 전직한 뒤, 첫 근무지가 포항해양경찰서 1003함 견습부함장이었다. 해경의 기본 업무가 함정 근무였기 때문에 6개월 동안 함정에 근무하면서 해경의 기능과 역할에 대해 체득했다. 함정 근무의 고충과 애환을 느껴보라는 해경청장의 배려였으나 6개월이 3년처럼 느껴질 만큼 강렬한 경험이었다.

지금은 중학생이 된 아들이 막 걸음마를 떼어 손이 많이 가는 시기였다. 버스도 다니지 않은 허름한 관사 아파트에서 7박8일 내지 심지어는 9박10일까지 기약 없는 남편과 떨어져 친구도 없이 악으로 버티는 아내에 대한 미안함이 너무나 큰 시절이었다.

2008년 함정 근무 당시 1003함이 1981년 건조된 함정이라 시설이 낙후 됐을 뿐만 아니라 격한 파랑에 대한 복원력이

신형 건조함에 비해 약했다. 오랫동안 함정 근무를 했던 분들조차도 1003함 승선에 대해 일종의 두려움이 있을 만큼 매 순간이 긴장의 연속이었다.

풍랑주의보가 발효된 날 조난 선박이라도 발생하면 '황천항해(해상상태가 나쁜 상태의 항해로 선박 동요가 심하고 해수의 갑판 침입이 많은 상태를 일컬음)'를 하게 되는데, 그야말로 끔찍한 경험이었다.

놀이기구 '바이킹'을 타 본 사람들이 느끼는 공포를 몇 분이 아닌 하루 종일 쉼 없이 경험했다. 인간의 감각은 대단한 적응력을 갖고 있지만, 그럼에도 참기가 쉽지 않았다. 또한 방에 있는 책과 의자가 제멋대로 뒹구는데 경험 많은 직원들도 공포에 휩싸이기 일쑤였다.

당시 유일하게 의지하던 분이 당시 1003함 함장이었다. 함장님은 1952년생으로 정년이 얼마 남지 않은 분이셨는데, 처음에 발령 신고를 하러 간 날 "난 고시, 경찰대, 간부후보생 이런 놈들이 제일 싫다. 현장은 모르고 탁상공론만 하는 식충이 같은 놈들이다"라고 대놓고 말씀하셨다.
첫 함정 근무에다 무서운 함장님을 만난 것 같아 두려웠으나 근무하면서 그게 기우였다는 것을 알게 되었다.

각종 상황 발생 시 지시에 막힘이 없었고, 항해·기관·갑판·통신·장포 할 것 없이 일사분란하게 함장의 지휘에 따라 가장 효율적인 방식으로 대응해 나가는 것이 보였다.

또한 평소에는 함장실에만 계시다가도 위급 상황이 되면 모든 상황을 직접 통제했고 직원들이 안심할 수 있도록 주력했다.

훌륭한 리더는

위기 상황에 강해야 하고, 구성원들의 절대적 신뢰가 바탕

그런 모습을 보면서 함정이 파도에 침몰해도 함장님이 금방 구해주실 것 같은 착각이 들 정도였다. 함장님을 통해 '훌륭한 리더는 위기 상황에 강해야 하고, 구성원들의 절대적 신뢰가 바탕'이라는 교훈을 얻을 수 있었다.

훌륭한 함장님과 더불어 휴대폰 전파가 터지지 않는 해상에서 일주일 이상 직원들과 함께 생활하다 보니 각 가정에 숟가락이 몇 개인지 알 수 있을 만큼 많이 가까워졌고, 이를 통해 해경의 끈끈한 정을 느낄 수 있었다.

또한 휴게 근무 시간 중 파도가 잔잔한 날이면 수영도 즐기고 오징어 낚시도 가끔 했다.

조난선박 등 비상상황 발생으로 출동기간이 갑자기 늘어나 부식이 부족해지면 잡은 오징어로 오징어밥, 오징어국, 오징어무침, 심지어는 오징어라면에 오징어물회까지 다양한 오징어 요리를 맛본 추억도 갖게 됐다.

독도는 우리 땅

1003함의 주요 업무 중 하나가 독도 경비였다. 독도는 김대중 정부 때 울릉도를 기점으로 한일 협정을 맺어 독도가 한일 중간수역에 들어가 있었고, 독도 경계 근무 시 일본 해상보안청의 순시 함정과 가까운 거리에서 조우하는 경우가

독도 ▶
© 위키피디아

더러 있었다.

그래서 긴장은 됐으나 특이할 만한 마찰은 없었다. 오히려 서로 마주 보고 같이 오징어 낚시를 하는 등 평화로운 분위기가 연출됐다.

함정에서 고속정을 타고 독도에 두 차례 들어갔는데 아름다운 에메랄드 바다 빛깔과 천혜의 자연환경에 경탄했고, 이를 통해 독도수호에 대한 의지를 다졌다.

'해적 검거 사건'과 경찰 수사권

6개월간 함정 근무 이후 포항해경서 수사계장으로 발령받았다. 일선 해경파출소나 함정에서 수산 관계법 위반 혐의로 단속한 사건 등을 수사하는 것이 주요 업무였다. 법상 금지된 밍크고래를 포획해서 유통하거나 암컷 대게를 유통시키다 적발된 사건들이 많았다.

관계 법령을 숙지하면서 업무에 적응해 가던 중 당직근무를 하며 포항 구룡포 해상 어구절도 발생보고를 받았다. 그리고 어구절도가 포항 구룡포 인근 해역에서 아주 빈번하게 발생한다는 사실도 알게 됐다.

해상에서 발생하는 사건이라 CCTV도 없고 용의선박의 특정이 어려워 어민들이 직접 잡아오지 않는 이상 신고하더라도 검거가 어렵다는 게 직원들의 한결같은 반응이었다.

경찰의 기본업무가 범죄예방과 진압인데 직원들의 안일한 생각에 동의할 수 없었다. 일단 용의 선박을 특정하는 데 주력했다.

어구절도 발생 지점과 대략적인 발생 시간을 유추하여 항적도를 만들었고, 시간과 어구절도 발생지점이 거의 일치하는 용의 선박을 특정했다.

모든 선박에는 조난 구조 등을 위해 GPS가 장착, 해경에 자동 통보되어 있어 항적도가 표기되는 점을 활용해 용의 선박을 특정했다.

증거 확보를 위해 수사계 형사들을 수차례 보냈지만 증거 확보를 하는 데에는 실패했고, 선원들이 집단 거주하는 대략적인 주거지만 확인했다.

일단 주거지 압수수색을 통해 증거확보가 필요하다고 생각해 압수수색 영장을 검찰에 신청하려고 했다. 그러나 수사과장이 압수수색 장소도 정확히 특정되지 않았는데 영장이 나오겠느냐고 지적하며 "이게 영장이 나오면 내 손에 장을 지진다"고 형사들 앞에서 대단히 면박을 줬다.

이에 오기가 생긴 나는 영장을 들고 포항지청 해경 담당 검사를 찾아가 사건 경위를 설명하면서 법원에 영장을 청구해줄 것을 간곡히 요청했다.

당시 검사는 몇 년 뒤 유학을 다녀와 서울중앙지검 특수부로 발령받게 되는 엘리트 검사였다. 그는 사건을 아주 흥미롭게 생각해 "법원에서 기각될지도 모르나 수사의지를 높이 평가한다"며 영장을 청구해 주었다.

다행히 경찰대 동기가 포항지원 판사로 근무하고 있어 "영장을 내주면 반드시 증거를 확보하겠다"고 설득해 압수수색 영장을 받았다.

압수수색 영장을 받은 뒤 형사계 직원들의 지원을 받아 압수수색에 나섰으나 관할 해경파출소에서 "선원들이 차량으로 20여분 떨어진 지역으로 이동한 것 같다"는 소식을 전달받았다.

실망감을 안고 봉고를 타고 이동을 하던 중 파출소에서 그간 선원들 은신처를 모른다고 하다가 이동했다고 얘기하는 것이 수상해 형사 1명과 함께 원래 은신처로 추정되는 곳을 가 보았다. 그런데 불길한 예감처럼 건장한 선원들 7명이 자고 있는 것이 아닌가?

다른 곳으로 향하던 직원들에게 차를 돌리도록 연락한 뒤 대기하고 있었으나 인기척을 느낀 몇몇 선원이 깨어나기 시작했고, 할 수 없이 형사 1명과 모험을 감행했다.

직원들이 엄청 많은 것처럼 위장한 뒤 가장 힘이 세 보이는 건장한 선원의 수갑을 채웠다. 나머지 선원들에게는 벽을 보고 뒤돌아보지 못하게 했다.

뒤이어 현장에 있던 장부를 발견, 압수했다. 그간 도난된 어구절도의 피해물품이 암호로 표기돼 있었다. 직원들이 10여분 뒤 도착해 선원들을 모두 검거했는데 당시에 10분은 참으로 긴 시간이었다.

포항 MBC 9시뉴스에서 두 차례나 '해적 검거 사건'으로 다루는 등 지역 내에서는 적지 않은 파장을 일으킨 사건이었다. 검거된 7명 중 70대 노인을 제외한 6명이 구속돼 평소 직

김원성 수사계장
포항해경

포항 mbc

어구 절도단 기승

원들 승진을 위한 공부방으로 여겨지던 포항해경서 유치장
이 유례없이 붐비자 해경청에서 나를 주목하기 시작했다.

해경과 노무현 대통령

사건이 있은 후 얼마 되지 않아 해양경찰청 본청 정보과 정보3계장으로 추천됐다. 당시 조희팔 사건으로 어수선한 시기였다. 전임 직원이 조희팔 밀항 당시 태안해경서에 근무해 조사를 받았던 관계로 공석이 생겨 인사 기간이 아니었으나 해양경찰청이 소재한 인천 송도로 갑자기 가게 됐다.

해경의 심장인 본청에서 근무하는 동안 좋은 분들을 많이 만났다. 육경 출신이라 경계하는 분들도 더러 있었지만, 개방적·포용적인 해양 문화가 몸에 베인 분들이 많아서 적응에 어려움이 없었다. 나도 부산 출신이라 그런지 그 분들과 마음이 잘 맞았다.

해경 직원들은 세련미는 없지만, 쉽게 포기하지 않았다. 틀에 얽매이지도 않았고, 문제 해결을 위해 새로운 관점에서 사고하는 법을 배웠다.

해경에서 일하면서 많은 분들의 사랑을 받았고, 나 또한 그들을 존중하며 사랑했다. 난 경찰청에 9년, 해경청에 4년 가량 근무했지만, 늘 해경 출신임을 자랑스럽게 얘기하곤 한다. 해경 생활 당시 즐거운 추억 때문이다.

해경은 노무현 정부 때 조직이나 장비 면에서 비약적으로 발전했다. 해수부장관을 역임했던 노무현 前 대통령이 국제 경찰로서, 해군의 지원 조직으로서 해경의 중요성을 인식하고 있었기 때문이다.

해경 본청에 와서 보니 노 전 대통령은 해양경찰의 마음 속에 있는 사람이었다. 그러던 중 2009년 5월 23일 노 전 대통령이 서거했다.

당시 나는 장인어른과 차를 마시고 있었는데 장인어른 앞에서 부끄럽게도 눈물을 하염없이 흘리며 오열했다.

그는 정치적 지향이나 이념 때문이 아니라 진영논리에 함몰되지 않은 채 오히려 이라크 파병·한미FTA 협정·제주 해군기지 건설·대연정 제안 등 지지율에 휘둘리지 않고 국익을 최우선시했다. 신자유주의라는 지지층의 비판을 받으면서도 '권력은 시장으로 넘어갔다'며 시장의 자율적 기능을 존중했다.

또한, 지금의 좌파 독재 문재인 정부와는 달리 참여정부의 기본 정신에 입각해 지지층이 임기 말 다 돌아서는 아픔을 겪으면서도 대연정 제안 등 끊임없이 국민통합을 시도했던, 그리고 내가 사랑하는 조직 해경을 존중해줬던 노 前 대통령의 서거는 당시 내겐 큰 슬픔으로 다가왔다.

이명박 대통령과 제주해경청 신설

해경청 정보과에 근무할 당시 외근 정보분실장을 맡아 서울에 소재한 각종 해양 관련 단체와 유관 부처 네트워크 업무를 담당했는데 '해경의 날'에 당시 대통령이었던 이명박 대통령을 모셔와야 한다는 지시가 떨어졌다.

당시 해양경찰청의 조직 과제가 제주해경청을 신설하는 문제였다. 대통령이 해양경찰의 날에 공식 방문할 경우 조직과 예산에 대한 지원 정책이 사전에 검토되기 때문에 서울에 있는 해경청 정보관들을 동원해 BH(청와대)를 움직여 보라는 것이었다.

당시 해수부가 폐지되었기 때문에 국토해양부를 통해 건

의해 보았으나 묵살되었다. 경찰대 선배였던 청와대 치안비서관을 찾아가 요청하니 "대통령님이 한가한 사람이 아니다. 조직이 10배나 크고 청와대에서 가까운 세종문화회관에서 개최하는 경찰의 날 행사에도 격년으로 참석하시는데 해경의 날 행사에 어떻게 갈 수 있겠느냐?"라고 딱 잘라 거절했다.

그래도 포기할 수 없어 대통령 수행과 일정을 담당하는 김○○ 제1부속실장을 찾아갔다. 당시 최고의 문고리 권력이라 만나기 어려웠지만 포항에서 근무할 때 알게 된 분의 소개로 찾아 갔는데 자신은 "이미 조율된 일정만 관리할 뿐 일정을 건의할 수 있는 위치는 아니다"라고 얘기하며 단호하게 거절했다.

그러나 더 이상 달리 방법이 없어 김 실장에게 매달리기로 결심하고 거의 십수 차례를 찾아 가서 "이명박 정부에서 해수부 해체로 해수산업계 종사자들의 사기가 떨어졌다. 해경의 날 행사가 해수산업계 전체를 아우를 수 있는 행사로 승화시키기 위해서는 대통령님 참석이 꼭 필요하다"는 취지로 반복하여 설명했다.
또한 과거 경찰청 정보국에서 나를 적극 지지해주었던 과

장이 당시 해경청장으로 있었는데 MB정부 초대 치안비서관
을 역임했기 때문에 힘이 돼 주었다. 결국 대통령이 해경의
날에 참석했고, 제주해경청이 신설됐다.

　당시 김 실장에게 "장관님도 만나시기 힘든 김 실장님께
서 미관말직인 저를 만나주신 것도 고마운데 아무런 대가없
이 도와주셔서 정말 감사드립니다."라고 인사를 하니 "당신
개인 일 때문에 왔으면 도와줄 수 없었겠지만, 조직을 위해
고군분투하는 걸 보니 이유 없이 돕고 싶었다."며 격려해 주
었다.

문재인 노무현재단 이사장과의 만남

2010년경 인연이 있었던 참여정부 이호철 前 민정수석에게 부탁해 당시 문재인 노무현재단 이사장을 만나기 위해 부산으로 갔다.

7년 뒤 대통령이 된 사람을 불쑥 찾아가 정치를 해 보겠다고 했으니 당시에도 정치적 감각은 있었던 것 같다.

당시 문 이사장은 법무법인 '부산'에 정○○ 변호사와 함께 공동 대표변호사로 있었는데 문 이사장과 이호철 전 수석, 김경수 사무국장(현 경남지사) 세 사람이 함께 배석한 자리에서 해양경찰 간부 생활을 접고 정치를 하겠다고 했다.

문 이사장은 내게 "집이 어디냐?, 아내는 무슨 일을 하느냐? 부모님 댁은 어디냐?" 등 시시콜콜한 질문을 하였다. "인천 송도에 거주하고 아내는 전업 주부이며, 부모님은 문 이사장님 모친이 거주하는 부산 영도 ○○맨션에 20여년째 거주하고 계신다"고 대답하니 웃으며 "정치를 하려면 경제 적 여건이 갖춰져야 하는데 좋은 조건이 하나도 없다"고 얘 기했다.

명분과 이상을 중요하게 생각하는 사람이라고 들었던 것 과는 다른 모습이었다.

그는 내심 실망한 내게 "뭘 잘 하시느냐?"고 물어왔고 "저 는 선거를 잘 합니다"라고 답변하자 웃으며 "그럼 정치를 하 셔야겠네요. 그런데 무슨 선거를 해보셨나요?"라고 물었다.

이에 "저는 초등학교 3학년 반장 선거부터 고교 학년장, 경찰대학 동기회장 선거까지 열 네 차례 선거에 나갔는데 한 두 차례를 제외하고는 제가 모두 압도적으로 당선됐습니다." 라고 대답했다.

그러자 문 이사장은 "저는 선거에 대해 잘 알지 못합니다. 심지어는 학창시절 줄반장도 한 번 못해 봤습니다. 다만 본 의 아니게 정치를 해보니 정치를 하고 싶어 하는 사람보다 어쩔 수 없이 하게 되는 사람이 대체로 잘 하는 것 같습니다. 제 모친이 살고 계시는 아파트에 김 실장님 부모님도 거주하신다고 하니 집안 형편도 그리 풍족하시지는 않을 것 같고, 공직생활을 하고 계신 데다 아내 분께서도 전업주부로 계시니 정치를 하시면 굉장히 힘드실 것 같아 권유하고 싶지는 않습니다."라고 답했다.

당시 나는 문 이사장의 말에 공감했고, 시대와 국민들이 원하는 리더가 되기 위해 어떤 부분을 더 채워야 할지 고심했다.

하루하루 생활이 보람되고 즐거웠던 해경 간부 생활을 접고 2년 뒤 CJ그룹에 입사하게 된 것도 문화콘텐츠를 다루는 대기업에서 일하는 것이 국민들에게 미래 비전을 제시하는데 훨씬 호소력을 가질 수 있다는 판단 때문이었다.

정치는

리더로서의 훈련 과정을 거쳐 공감능력은 물론 의견이 다른 상대방을 존중할 줄 아는 소통 역량을 갖춘 사람이 하는 것

그러나 세월이 흘러 문 이사장이 대통령에 당선되고 핵심 지지층의 진영 논리만을 고수하며 각종 정책 실패에 대한 솔직한 반성 없이 변명에만 급급한 모습을 보니 정치는 리더로서의 훈련 과정을 거쳐 공감능력은 물론 의견이 다른 상대방을 존중할 줄 아는 소통 역량을 갖춘 사람이 하는 게 더 낫다는 생각이 든다.

신사적인 모습 이면의 아집과 후안무치를 보지 못해 좌파의 민낯을 드러낸 그를 최근까지 지지했던 것을 생각하면 참으로 수치스럽기까지 하다.

'일기일회' 정신, 민간기업 CJ로 향하다

MB 정부 민정수석실 행정관 중에는 최초의 기업인 출신이 있었다. 그 분의 손아래동서가 절친한 경찰대 선배였고 그 인연으로 몇 차례 술자리에도 동석했던 사이였다. 그 분은 서울대 경영학과를 졸업한 뒤 대우그룹 비서실로 입사해 김우중 회장의 수행비서를 지냈고, 젊은 나이에 비해 많은 경험을 한 선배였다.

30대에 KPMG Consulting과 한샘인테리어를 거쳐 벽산의 임원을 역임했고, 벽산계열사의 대표이사를 지냈다.

2010년 8월 청와대에서 민간경력자를 행정관으로 뽑는 공모를 실시하였고, 공직에 관심이 있었던 그는 MB 임기 중반에 민정수석실 행정관으로 들어갔다.

그런 그가 내게는 롤 모델이었다. 공직을 경험한 적이 없었지만, 민간에서 쌓은 다양한 경험을 바탕으로 민정수석실에서도 자신의 역할을 수행했다.

낭중지추처럼 얼마 지나지 않아 발군의 역량을 발휘했고, 부처와 다른 수석실과의 관계나 국가전체를 조망하고, 현재의 국익이 아닌 미래의 국익을 고민하는 이 분의 시야에서 좋은 정책제안들이 만들어질 만큼 청와대 내 신임이 대단했다.

MB정권이후 한국의 10대그룹 임원으로 재직하다 나와서 베트남 관련 사업을 한 뒤 현재 모 대기업 대표이사로 재직 중인데 당시 그 분에게 대기업으로 이직하려던 나의 고민을 털어 놓았다.

그 분은 내게 '일기일회'라고 애기했다. "만나는 사람이건 맡게 되는 일이건 그게 한 번으로 끝나고 다시는 자신에게 기회가 없다는 생각으로 임한다면 성공할 수 있다. 어떤 일을 선택하느냐가 중요한 게 아니다"라고 말이다. 그 말씀에 깨닫는 바가 있어 자신감을 갖고 대기업으로의 이직을 준비했다.

내가 계획하고 꿈꾸던 대로 2012년 6월 CJ 그룹 지주사 전략지원팀 부장(G6)으로 입사했다. 해경청을 떠나면서 내가 칠판에 남긴 글을 함께 근무했던 지인이 얼마 전 찍어 보내주었는데 해경을 떠났지만 당시 난 해경을 정말 사랑했었다.

　　해경을 떠날 때 청장님이 현 포항시장인 이강덕 청장님이 있는데 별도로 식사 자리를 잡아 환송해 주셨다.

　　이 청장님은 "내가 서울청장을 할 때 이명박 대통령을 세번 찾아가 서울청장직을 그만두고 총선에 출마하겠다고 했

▲ 이강덕 포항시장과 함께(2018)

어. 그런데 대통령은 넌 경찰청장을 맡아야 하니 절대 안 된다고 세 차례 모두 거부하더라. 해경청장으로 오게 돼 더 잘됐다고 생각하지만, 겪어 보니 대통령의 의지가 중요한 것이 아니라 중요한 것은 상황과 본인의 판단이더라. 난 너와 함께 더 일하고 싶지만 대통령도 한 사람의 미래를 담보할 수 없듯이 미래는 스스로 개척하는 것이니 기업에 가서 포부를 펼치되 밥은 굶지 마라"며 은수저 세트를 선물로 주셨다.

이 청장님의 은수저 선물보다도 후배를 진심으로 생각해 주는 말씀이 지금도 내 심장에 새겨져 있다.

경찰간부에서 기업인, 새로운 문화로의 적응

CJ에 온 첫 해 가장 큰 과제는 경직된 경찰 문화에서 벗어나 새로운 문화에 적응하는 것이었다. CJ는 회장님조차도 이름에 '님' 호칭만을 붙이는 수평적인 기업 문화가 정착돼 있었고, 대한민국의 문화 트렌드를 이끄는 기업답게 옷차림도 대단히 자유로웠다.

그리고 이병철 선대 회장의 '사업보국' 등 기업가 정신을 삼성보다도 더 깊이 녹여내겠다는 의지도 사업 곳곳에 스며들어 삼성에서 오신 분들이 "CJ가 더 삼성같다."는 얘기를 할 정도로 직원들의 자부심이 대단했다.

게다가 여성에 대한 차별이 없는 것을 넘어 문화사업을 주도하는 계열사 ENM의 경우 직원의 절반 이상이 여성일 만큼 여성들에 대한 권익 보호와 복지제도가 발달해 상하간 존중 문화의 가치를 체득할 수 있었다.

여대생들과 문과 졸업 학생들이 가장 선호하는 기업 1위로 수년째 랭크된 것도 이런 기업 문화 때문이었던 듯 하다.

2012년 대선을 앞두고 여야 할 것 없이 '경제민주화'를 화두로 제시하면서 대기업에 대한 규제강화 움직임에 대응하기 위한 논리 개발과 정책 방향에 민감하게 대응했던 시기였다.

대선을 얼마 앞두지 않은 상황에서 당시 CJ ENM에서 만든 '광해'라는 영화가 천만 이상의 관객을 모으며 대히트했다.

문재인 후보가 '광해'를 관람한 후 노무현 전 대통령이 연상된다며 눈물을 흘렸다는 이유로 '좌파 영화'로 인식됐지만 실제로는 박근혜 캠프에서 먼저 '광해' 관람을 제의했었다. CJ에서도 수용했으나 박 캠프에서 추도식 일정 등으로 취소해 문재인 후보가 오게 된 것이었다.

그러나 문재인 후보의 '눈물' 보도 이후 '광해'는 '노무현'이

되어 버렸고, CJ는 문재인을 미는 못된 기업으로 인식되기 시작했다.

난 사실 기회가 주어지면 CJ에서 영업, 사업 등 기업 본연의 돈을 버는 업무를 맡고 싶었다.

'일기일회'라는 강렬한 메시지로 나를 기업으로 이끌었던 분도 RM(Risk Management)도 중요하지만 여러 가지 일을 맡는 게 중요하다고 늘 조언해 주었기에 한두 해 정도 리스크 대응 부서에서 근무 후 부서를 옮기는 게 내 계획이었다.

CJ 기업정신 '겸허'

회장님께서 구치소에 수감되었을 당시 난 비서실 지원 근무를 하게 됐다. 당시 회장님 뿐만 아니라 기업인과 정치인 등이 수감돼 있었다.

당시 국회의원 보좌진들과 만나면서 여타 대기업의 현실과 정치인의 삶에 대한 고민을 할 수 있는 좋은 계기였다.

삶과 죽음, 출세와 오욕, 풍요와 빈곤은 대립되는 개념이지만 그렇게 멀지 않은 가까운 개념이라는 것을 서울구치소에서 절감했다. 그러한 깨달음은 함께 고생했던 보좌진들과의 인연을 지금까지도 끈끈하게 이어주는 공통분모가 됐다.

2013년 회장님 구속 이후에도 CJ에 대한 국세청 세무조사

▲ CJ 이재현 회장님 '겸허' 정신이 담긴 고대 법학관 앞에서(2014)

등 CJ그룹 위기 상황은 2016년 8월 15일 사면까지 계속 이어
졌다.

당시에는 안타까웠지만, 돌이켜 보면 참으로 아찔한 순간
들이었던 것 같다. 모든 일에는 정도를 걸어야 하고, 좀 더

빨리 가기 위해 편법이나 반칙을 쓰는 것은 감당할 수 없는 후폭풍에 직면할 수도 있다는 사실을 절감했다.

정부의 공세에 직접 노출되었던 CJ그룹 심장부에서 근무했던 내가 당시 정부 관계자들을 옹호할 이유는 없다.

좌파 기득권들에게 선동된 사람들이 주장하듯이 보수 우파의 부패가 좌파보다 훨씬 더 거대하다는 것은 설득력이 떨어진다고 보며, 오히려 좌파들의 자기 변명과 집요한 합리화 과정을 보면 훨씬 더 후안무치하게 여겨지고 상식밖이라 화가 날 수 밖에 없다

조국 사태로 좌파의 민낯이 드러나면서 평범한 보통 사람들이 분노에 잠 못 이루는 것은 그들의 잘못 때문이라기 보다는 '증거를 몰래 빼내는 것을 증거보전을 위한 것'이라 우기는 후안무치 때문이 아닐까?

'명량', '국제시장' 등 정권 코드에 맞춘 듯한 영화들이 성공을 거두면서 박근혜 정부는 문화 권력의 중요성을 인식했고, 자신들의 대화 파트너로 손경식 회장님과 돌아가신 존경하는 이채욱 부회장님을 인정하면서 정권 말 사면까지 이뤄졌다.

주사파 전체주의 세력의 공세로 인해 박근혜 정부 관계자

들이 구속됐거나 재판 받고 있지만, 적어도 지금 정부에서 사퇴로 끝난 각종 의혹들 만큼 지저분하고 후안무치 하지는 않다고 본다.

문재인 정부 들어 일어난 행태가 박근혜 정부 때 일어났다면 나라가 열 번은 넘게 뒤집어질 광풍에 휩싸였을 것이라 확신한다.

CJ ENM, 하늘이 내린 선물이자 기회

2012년 부장으로 입사해 2014년 수석부장으로 승진한 지 4년째인 2018년 난 임원으로 승진할 것으로 기대했다.

그룹이 힘든 시절 가장 상대하기 어려운 단체나 기관을 맡아 그룹의 리스크를 해소했고, 그룹 안팎에서 위기 상황에서 동분서주 고생한 나에 대한 지지 여론이 적지 않았기 때문이다. 그러나 삼성 미래전략실 폐지처럼 사면 이후 RM 조직에 대한 수요가 줄어든 현실적인 이유 등으로 예상과 달리 임원 승진에 실패했다.

함께 고생했던 삼성, 현대차, SK, LIG, 롯데, 한화, 신세계, 태광 비서진들 뿐만 아니라 검찰, 경찰, 국정원, 국세청,

금감원 관계자들 및 친한 기자들은 아쉬워하며 이직을 권유 내지 추천까지 하겠다고 했지만, 열정을 쏟아부은 CJ 그룹에서 꼭 승부를 내고 싶었다.

그래서 선택한 곳이 CJ 그룹 계열사인 CJ ENM이었다. 입사할 때의 초심으로 돌아가 진짜 기업인이 되고 싶었고, CJ의 미래이자 대한민국 문화산업의 심장인 ENM에서 실질적이고 손에 잡히는 성과를 내고 싶었다. 그래서 지원했고, 2018년 말 CJ ENM 전략지원팀장(국장급)으로 발령 받았다.

CJ ENM은 기대했던 것 이상으로 역동적이고 대한민국의 가장 혁신적인 시스템이 집약된 곳이었다. 8시부터 10시까지 직원들이 출근 시간을 결정할 수 있고, 2주에 한 번씩 휴가에 가산되지 않는 반차휴가가 보장된다. 성과급을 반기에 한 번씩 지급할 뿐만 아니라 모 PD처럼 대표님보다 연봉이 훨씬 높은 임원도 아닌 직원들이 존재했다. 복장은 반바지 뿐만 아니라 슬리퍼도 암묵적으로 허용되고, 1·2층이 직원들의 휴게공간으로 구성된 혁신으로 가득한 신세계였다.

CJ 지주사 뿐만 아니라 제일제당, 대한통운 등은 시도할 엄두를 낼 수 없는 조직문화가 정착돼 있었다. 타 계열사에 비해 대한민국의 문화 트렌드를 주도한다는 직원들의 자부심이 대단했다. 난 완전히 신입사원이 된 것 같았다. 입사 첫날 양복을 입고 갔는데 동물원의 원숭이가 된 기분이었다.

| CJ ENM | 하늘이 내게 내린 선물이자 기회 |

난 얼마 지나지 않아 CJ ENM에 온 것이 하늘이 내게 내린 선물이자 기회라고 생각하게 됐다. 영화·드라마·방송·음악 등 잘 만든 콘텐츠가 기업의 이윤을 떠나 국가를 넘어 세계적으로 지대한 영향력을 행사한다는 것을 체감했기 때문이다.

홍콩에서 매년 CJ ENM 주최로 개최되는 MAMA(Mnet Asia Music Awards) 행사에서 세계 각국의 청소년들이 한국어로 된 노래 가사를 가수들과 함께 합창할 때 느끼는 감정은 대한민국 사람으로서 느낄 수 있는 최대의 감격과 자부심이

태국 KCON(2019)

었다.

　얼마 전 태국 KCON 행사도 다녀왔는데 그 때 역시 현지 청소년들의 뜨거운 반응으로 인해 형언할 수 없는 감동을 받았다.

　태국 주재 한국대사도 당초 30여 분만 관람 예정이었으나 3시간이 넘는 행사를 끝까지 관람했던 이유도 나와 같은 가슴 벅참 때문이었을 것이라 본다.

문화산업, 대한민국의 새로운 성장 동력

콘텐츠 산업은 자체적인 성장 가능성은 물론 여타 산업군의 수출경쟁력 등에도 지대한 영향력을 미친다. 이를 감안하면 정책적 지원이 절실함에도 불구하고 산업화 시대의 제조업 육성 마인드에 기반한 정책 당국의 좁은 안목에 경악하는 계기가 됐다.

말레이시아 여행을 갔을 때 한 택시 기사가 일본 풍의 옷에 일본 차를 몰고, 일본 음악을 듣길래 "일본을 좋아하느냐?"고 물으니 "일본을 좋아하며, 어릴 때 일본 문화가 유행했기 때문에 일본 제품을 선호하지만, 자신의 아이들은 한국 음악과 예능 프로만 보며 한국제품을 선호한다"고 대답하는 것이 아닌가?

즉, 문화가 미래이며 한국 문화의 우수성이 해외에 널리 알려질수록 문화 프리미엄이 덧씌워진 제조업 경쟁력도 자연스럽게 향상된다는 점을 감안하면 콘텐츠 분야에 대한 막대한 지원이 필요하다고 본다.

당면 과제, 중국 시장 개척·확대

국내 제작 역량 강화 및 한국 콘텐츠 글로벌화를 위한 기반으로 중국 시장 진출은 매우 중요하다. 중국은 약 14억 명의 인구를 보유한 거대 시장이다. 동남아 전체보다 중국 단일 시장이 훨씬 크다. 한국무역협회에 따르면 중국과의 교역액은 2686억(약300조 원) 달러로 한국의 제1교역대상이다. 미국은 약 1316억 달러 규모다.

그러나 중국은 자국 문화산업 육성 및 경쟁력 강화를 위해 각종 규제정책을 시행하고 있어 진출에 많은 애로사항이 있다. 최근에는 청소년 보호, 중국 가치관 보호 등의 명분으로 더욱 강화하는 추세다.

특히 2016년 사드 배치 발표 이후 중국은 '한한령(限韓令)'을 통해 세계적으로 인정받은 한국 콘텐츠 수입을 억제하고 있다. 이로 인해 글로벌 경쟁력을 갖춘 한국 콘텐츠의 중국

시장 진출 기회 원천 봉쇄로 산업 전반의 막대한 기회손실과 피해가 발생하고 있다.

콘텐츠의 특성을 고려하면 중국 시장은 반드시 확장해야 할 시장이다. 콘텐츠는 인간의 창의성을 근간으로 하는 산업으로서 고용 창출과 타 산업으로의 낙수 효과가 큰 미래 전략산업이자 신 성장동력이다.

단지 중국 수출규모의 확대 뿐만 아니라 그에 따른 국내 산업(연관산업 포함) 동반 성장에도 기여도가 높다.

중국이 사드 보복 시행 이후 관광 등 다른 분야에서는 한한령을 해제하고 있으나 문화콘텐츠 분야에 대한 규제에 대해서는 끝까지 유지하는 것도 문화의 중요성을 절감하기 때문이라고 생각한다.

따라서 한한령 만큼은 국가적인 차원에서 대대적인 노력을 통해 풀어야한다. 대한민국의 최대 수출국이자 향후 세계 최대 시장이 될 중국에서 한국문화가 낯설어질수록 다른 한국제품 선호도도 점차 낮아질 것은 자명하다.

CJ ENM의 가장 큰 현안이 한한령 해제다. 최근에는 CCTV, 인민일보 등 한국에 있는 중국 관영매체 관계자 20여 명을 만나 한한령을 해제해달라고 부탁하기도 했다. 민간에서는 처절하게 노력하고 있는 만큼 정부 차원의 지원이 절실하다. 타 국가와는 달리 정부·정치적 요인이 다수 반영되는 중국의 특성상 일부 사업자의 노력만으로는 시장을 개척·확대하기 어려운 측면이 있기 때문이다.

다만 현재 정부는 주요 업무별로 담당 부처가 상이해 효과적인 정책 수립과 대응방안 마련이 쉽지 않다. 공동제작 및 공동제작협정 추진은 방통위에서 담당하나 제작지원사업은 문화부, 과기부가 담당한다. 이처럼 소관부처가 이원화된 상황에서는 공동제작 활성화를 위한 종합적 정책수립이 어렵다.

따라서 공동제작 활성화 또는 중국시장 진출 활성화를 위한 범정부 TF운영이 필요하다. 각 부처의 역할이 다름을 인정하고, 중국의 관련 기관 체계도 상이한 점을 고려하더라도 통합 관리 체계를 반드시 구축해야 한다.

한한령 해제를 위한 정책 제언

한한령 해제를 위해서는 공동제작 협정을 통한 자국물 인정과 기여도, 제작인력과 수익보호에 대한 실질적 성과 도출이 필요하다. 콘텐츠의 기여도가 자본을 중심으로 산정되고 있는 만큼 기획 단계에서부터 기여도가 반영될 수 있도록 할 필요가 있다.

이를 통해 중국과 동일한 자국물로 인정받을 수 있는 여건을 마련해야 한다.

다음은 문화 산업에 대한 외상투자 제한 완화다. 현재 중국은 문화 콘텐츠 산업에 대한 외자 지분 제한을 엄격히 시행하고 있다.

영화·드라마 제작, 음반판매는 제한 산업, 영화배급·음반제작은 금지 산업, 외국기업의 투자규제로 인해 직접투자가 불가능한 상황이다.

문화산업에 대한 외자 지분 제한 및 규제 조항 철폐 요구를 통해 중국 파트너와의 적극적인 기획개발, 제작 등 상호 참여 기회를 확대해야한다.

해외 콘텐츠의 중국 내 유통 제한 완화도 요청할 필요가 있다. 현재 해외 콘텐츠의 중국 내 방영 및 배급 제한으로 인해 타국 대비 중국으로의 콘텐츠 수출이 원활하지 않으며 중국 내 콘텐츠 기획·제작 활성화도 어렵다.

중국은 해외 콘텐츠의 경우 포맷 수입, 편성 시간을 규제하고 있다. 또한 온라인 사이트의 해외 드라마 사전심의제

도입으로 콘텐츠 수입이 크게 하락했다.

이를 해소하기 위해 ▲채널 당 해외 드라마 편성비율을 현 25%에서 35%로 완화▲위성 방송국별 연간 해외방송 포맷 수입 개수를 현 1개에서 3개로 확대 ▲애니메이션 프라임타임(17~21)편성 제한 완화 ▲온라인 동영상의 합법적 유통이 정착될 때까지 사전 심사제 유예(3~5년)등을 요청해야 한다.

저작권 침해, 콘텐츠 표절 금지 등 창작 권리 보호도 강화해야 한다. 중국에서 공식 방영된 적 없는 tvN '도깨비'의 경우, 웨이보에서 누적 조회 수가 32억 6000만을 넘겼다. 이처럼 한류 드라마·예능에 대한 표절 사례 증가 및 저작권 보호를 위한 양국의 실질적 노력과 조치, 강제 및 보상 등 후속 세부 규정의 부재한 상황이다.

지적재산권(IP) 보호를 위한 저작권 및 저작인접권 권리 추정 규정 도입과 집행을 용이하게 하고, 방송사업자의 배타적 권리 인정, 포맷의 저작권 인정 등 보호 조치 등을 요청할 필요가 있다.

공동제작 지원 혜택과 방식 다양화도 필요하다. 중국과의 공동제작 진출 시, 상대적으로 열악한 자본력으로 인해 중국의 기여도가 높게 산출된다. 심한 경우 100% 저작권 보유를 요청·강제하고 있어 국내 제작사는 전혀 보호받지 못하고 있는 상황이다.

중국에 비해 상대적으로 재정적 여력이 약한 국내 공동제 작자가 재정적 기여도를 높여 저작권 및 수익배분 협상을 주도할 수 있도록 지원 규모를 확대해야 한다. 아울러 글로벌 콘텐츠 펀드 조성 규모 확대, 공동제작 투자비에 대한 세재 혜택도 부여해야 한다.

문화콘텐츠의 부가가치 창출, 세금감면 절실

또한 콘텐츠 IP는 제작 이후 별도의 비용이 들어가지 않기 때문에 판매처가 많아질수록 수익이 급격히 증대되는 효과가 있다. 세계 각국에서 선전하고 있는 대한민국 문화콘텐츠의 확산을 위해 정부와 국회 차원에서 다각도의 노력이 필요하다.

문재인 정부는 대기업에 대한 콘텐츠 산업 세액공제 비중을 1%로 줄이려 하고 있다. 박근혜 정부에서는 3%까지 허용했다.

경제악화로 인한 세수감소로 늘리지는 못하더라도 줄이는

것은 문화산업 뿐만 아니라 대한민국 산업에 대한 기본적 이해가 결여된 것 때문이 아닌가 하는 생각이 든다.

영국의 경우 문화콘텐츠 산업 육성을 위해 2007년부터 제작비의 25%까지 세금감면을 실시하고 있다. 시행 후 해당 산업의 제작지출, 부가가치, 고용 및 세수가 증가하는 의미 있는 경제적 효과가 창출됐다.

〈표1〉 영국 콘텐츠 산업세금 감면의 경제적 효과(2016년 기준)

영역	Film	High-end TV	Video Games	Animation	Children's TV
제작지출	2조 5400억원	1조 3200억원	5700억원	1400억원	900억원
부가가치 (GVA)	7조 7400억원	2조 5300억원	7700억원	5200억원	1150억원
고용 (FTEs)	86800	32660	9240	7120	1520
세수 (Tax)	1조 9000억원	6800억원	2300억원	1500억원	450억원

세금감면으로 2016년 기준 총 제작지출은 규모가 31.6억 파운드(약 4조 7000억 원)로 2007년에 비해 2배 이상 늘었다. 특히 영화 제작 지출은 2016년 17.2억 파운드로 2013년보다

47%나 올랐다.

총 부가가치 창출(TOTAL GVA)은 2016년 79.1억 파운드(약 11조 7000억원)로, 영화·High-end TV·애니메이션 세 영역에서는 2013년 대비 73% 상승했다.

고용창출은 2016년 13만 7340명으로 영화·High-end TV·애니메이션 세 영역에서는 2013년 대비 62% 늘었다.

세수 증가액은 2016년 기준 20.4억 파운드(약 3조 원)으로 영화·High-end TV·애니메이션 세 영역에서는 2013년 대비 67% 상승했다.

문화산업만큼 일자리를 많이 창출할 수 있는 산업은 없다. 다른 제조업과 달리 일본과 중국이 따라올 수 없는 분야이기도 하다. 싸이, BTS 등 우리만의 흥의 문화, 독창적인 문화 이런 것이 세계적으로 각광받고 있는 시대인 만큼 정책적으로 육성해야 한다.

정부의 프레임 전환과 법과 제도적인 지원이 절실하다. 특히 제조업 중심의 경제정책을 재검토하고 문화산업의 미래를 설계할 수 있는 정책적 마인드를 가진 사람이 절실한 시점이다.

문화콘텐츠의 정치 편향성 최소화 '사명'

콘텐츠 파워와 영향력, 이러한 콘텐츠의 제작과 유통, 판매 그리고 사후 관리 및 법적 분쟁 해결 과정을 경험할 수 있었던 것은 축복이었다.

정치 편향성 최소화	자유민주주의를 수호하기 위해 영화·드라마·예능 프로 등에서 정치 편향성을 최소화하기 위해 노력

그 가운데서도 나는 CJ 그룹의 가치보호와 대한민국 헌법의 기본 이념인 자유민주주의를 수호하기 위해 영화·드라마·예능 프로 등에서 정치 편향성을 최소화하기 위해 노력해 왔다.

　콘텐츠 제작자들이 정무적 감각이 없거나 일부는 좌편향되는 경우가 있다. 이러한 문제에 대해 고민하는 것이 회사의 가치 문제와 직결되는 만큼 책임감을 갖고 일했다.

　올해 개봉된 CJ ENM이 만든 영화 '극한직업', '엑시트', '나쁜녀석들'이 선전하고 영화부문이 근래 들어 최고의 실적을 거둔 것도 과도한 친북 성향과 좌파 이념 지향에 피로해진 콘텐츠 소비자들이 호응해준 덕분이라 생각한다.

　앞으로도 좌편향 콘텐츠로 보편적인 국민정서를 해치고 불편함을 조장하는 콘텐츠에 대해서는 어떤 방식으로 접근하면 그들의 불순한 의도를 방어할 수 있는지 알기 때문에 모든 노력을 아끼지 않을 것이다. 물론 세대가 다르고 이념이 다른 친구들과 관련 문제로 논의하는 것 자체는 큰 즐거움이었다.

각계의 훌륭한 선배님들, 그리고 조국·손석희

해경청에 재직하면서 모교인 부산남고등학교 공직자 모임인 '한공모'에 가끔 참석했는데, 그 모임에서 멋진 선배님들을 많이 만날 수 있었다.

감사원 국장을 거쳐 서울대학교 초대 법인 감사를 역임한 김○○ 선배, 전 해병대 사령관 전○○ 선배, 전 국회 입법차관 진○○ 선배, 부산지검장을 역임한 정○○ 선배, 남해해경청장 김○○ 선배, 전 공정위 기업집단국장 신○○ 선배 등 쟁쟁한 선배들을 가까이에서 편하게 소통할 수 있는 좋은 기회였다.

김○○ 선배님이 서울대 법인감사로 재직 시 가끔 찾아가 김○○ 선배는 법인 감사 임기 종료 이후 CJ 사외이사로 영입돼 많은 가르침과 도움을 주었다.

정○○ 선배는 다정다감한 성격으로 부산지검장 퇴임 시 분양사건 피해자들이 몰려와 사건 수사를 공정하게 잘해줬다며 집회를 열어 환송을 할 정도로 정의감과 사회적 약자에 대한 배려 등 균형감각이 탁월한 분이었다.

선배님께서 인천지검 1차장 재직시 모임에서 잠시 봤는데 당시 수도권매립지공사 사장이었던 조○○ 사장을 소개해 준 게 계기가 되어 함께 자주 만났다.

선견지명

자유민주주의 이념이 얼마나 훌륭한지 자각하게 됐다. 지금은 치열해 보지 못한 얼치기 가짜 좌파만 남아 어리석은 사람들을 속이며 농락하고 있으니 앞으로 미래가 걱정조 사장은 과거 민중당 출신으로 고려대 총학생회장을 역임한 다소 반골 기질이었는데 "학창 시절에 박정희 목을 따고 자결하려고 했다. 그런데 시간이 흘러 세상을 알게 되다보니 내가 신봉하던 이념이 모순투성이었고 자유민주주의 이념이 얼마나 훌륭한지 자각하게 됐다.

지금은 치열해 보지 못한 얼치기 가짜 좌파만 남아 어리석은 사람들을 속이며 농락하고 있으니 앞으로 미래가 걱정이다"라고 줄곧 말씀하셨다. 조 사장이 선견지명이 뛰어난 분이었다는 사실을 최근 들어 절감하고 있다.

김〇〇 선배님은 해경청에 있었을 때 뿐만 아니라 남해해경청장으로 있는 지금도 고교 선배로서 늘 힘이 되어 주고 있고, 경직되지 않은 사고와 격의없는 소통으로 조직 내외부로부터 상당한 신망을 받고 있다.

기업들이 가장 무서워하는 공정위 기업집단국장을 역임한 신〇〇 선배는 청렴한 공직자들의 표상이면서 후배들에게는 늘 따뜻하고 배려심 많은 선배이다.

SOC사업에 예산을 늘려야…
복지 예산은 조세 저항이 커
앞으로 줄일 수가 없다.
이번 정권의 가장 큰 문제가
일자리 창출이라는 명목 아래
공공부문의 한시적 일자리를
만드는 것으로 역사적인 죄악

진○○ 선배는 국회 입법차관까지 역임하였는데 최근 나와의 오찬 자리에서 "탁월한 정세균 의장님의 배려로 입법공무원으로서 최고위직까지 역임했지만, 앞으로가 걱정이다. 복지 포퓰리즘은 망국의 길이다.

차라리 SOC사업에 예산을 늘리는 것은 결과물도 있고 향후 예산 조정도 가능한데 복지 예산은 조세 저항이 커 앞으로 줄일 수가 없다.

이번 정권의 가장 큰 문제가 일자리 창출이라는 명목 아래 공공부문의 한시적 일자리를 만드는 것으로 역사적인 죄악이다"라고 말씀하였는데, 조용하고 진중하며 현 정부에서 최고위직을 역임한 선배님의 말씀을 들으니 현 여권의 횡포를 제어하지 않으면 암울한 미래에 직면할 수밖에 없을 것 같다는 생각을 하게 됐다.

최근 JTBC 손석희 사장을 고소해 유명해진 전 KBS 김웅 기자도 해경청 근무 당시 알게 되었다. 김 기자는 KBS에 근무하는 친한 친구를 통해 소개 받았는데 나보다 다섯 살 위였고, 기존에 알던 기자들과는 달리 인간적인 면이 많아 가끔 술자리를 가졌다.

그러던 어느 날 김 기자가 술에 취해 큰 사고에 휘말려 이를 해결하기 위해 김 기자의 고향 전주까지 함께 내려갔다. 사건을 해결하는 과정에서 김웅 기자가 상대방에게 심한 폭행을 당했고, 이를 제지하는 내게 상대방이 폭행은 물론 얼굴에 침까지 뱉았다.

난 형으로 생각하는 김웅 기자가 잘못했다는 사실을 알았기 때문에 형을 위해 치욕을 감내했고, 아무런 관계가 없던 내가 폭행당했던 것 때문에 김 기자가 합의에 이를 수 있었다.

그 일이 있은 뒤 김웅 기자는 KBS에서 나와 프리랜서로 활동하면서 여러 가지 특종들을 취재했는데 그 중 하나가 JTBC 손석희 사장 관련 사건이었다.

경찰 수사가 진행됐기 때문에 개인적 판단을 언급하기는 어렵지만, 내가 아는 김웅 기자는 보수 성향이 결코 아니며 이념 지향 때문에 손석희 사장과 그런 일을 벌이지는 않았다.

2 대한민국,
범죄로부터 안전한 나라인가?

1. 경찰과 기업, 안전과 경제발전

나는 2000년 경찰대 졸업 후 2012년 CJ ENM으로 자리를 옮기기 전까지 총 12년동안 '국민의 생명, 신체 및 재산보호' 즉 '국민 안전' 이라는 대명제를 위해 일해 왔다.

경찰청의 주요 임무는 범죄예방 및 진압(수사) 등을 통한 국민의 생명과 재산의 보호다. 국가의 사회간접자본(SOC)적 성격이 강하다. 해양경찰청도 크게 다르지 않다.

지금은 CJ ENM에서 기업의 목적인 이익창출 사업에 매진하고 있다. 기업의 이윤추구는 거시적으로 볼 때 국가의 경제성장, 발전과 연결된다.

경찰과 대기업 모두 국가와 국민의 삶에 큰 영향을 미친다
는 점에서 어느 정도 유사하다고 생각한다. 마찬가지로 각각
의 업무인 안전과 이익창출 역시 밀접한 관계가 있다.

경찰생활 당시 어떻게 하면 국민 안전을 더 향상시킬 수
있을지 늘 고민했다. 범죄로부터의 안전 확보는 지역주민의
삶의 질 향상은 물론 그 지역의 경쟁력을 높여준다.

누구도 범죄가 만연한 지역의 거주는 물론이고 근처에 가
지도 않을 것이다. 지정학적 리스크가 큰 나라에는 투자 역
시 저조하다. 즉 안전은 단순히 치안의 영역을 넘어 사회와
경제 발전의 핵심 요소인 것이다.

2. 대한민국, 과연 범죄로부터 안전한가?

매슬로(Maslow)의 욕구단계 이론에 따르면 가장 낮은 단계의 욕구는 의식주와 같은 생리적 욕구다. 두 번째가 바로 안전에 대한 욕구다. 그만큼 안전은 인간의 본성에 가까운 원초적 욕구인 것이다. '안전하다'는 기준은 무엇일까? 가장 먼저 생각나는 것이 바로 범죄통계일 것이다. 우리나라의 범죄율은 전 세계에서도 손꼽힐 정도로 낮은 수준이다. 전체 범죄율 역시 계속적으로 감소하는 추세다.

〈표 1〉 전체 범죄발생건수 추이도(2014년-2018년)

년	2014	2015	2016	2017	2018
발생건수	1,778,966	1,861,657	1,849,450	1,662,341	1,580,751

출처: 경찰청 범죄통계

안전한 것인가? 불안전한 것인가? 에 대해서는 객관적인 통계도 중요하지만, 사람들이 느끼는 '주관적인 불안감이나 두려움'이 더욱 더 중요한 판단가치라고 생각한다.

그 동네가 안전한가? 또는 불안한가? 라는 질문에 대해 나는 "그 지역에서 밤 늦게 까지 술을 마시고 길거리를 자유롭게 돌아다닐 수 있다면 그 지역은 아주 안전하다."라고 답한다. 대한민국은 술을 마시고도 밤 늦게까지 비교적 안전하게 돌아다닐 수 있는 나라다. 대한민국 사회가 24시간 내내 역동적으로 돌아갈 수 있는 전제는 바로 높은 수준의 '안전' 때문이다.

하지만 2015년 이후 범죄발생 건수가 계속해 줄어들고 있음에도, 국민들이 느끼는 범죄에 대한 두려움은 더욱 커지고 있다. 범죄학계에서는 단순한 범죄 발생률 보다 그 지역에 거주하는 주민들의 범죄에 대한 질적인 두려움을 더 중요하게 여긴다.

통계에 따른 범죄율은 낮지만, 지역주민들이 밤늦게 돌아다니는 것을 위험하고 무섭게 느낀다면 그 지역이 안전한 지역이라고 말하기 어렵다. 통계청이 실시한 '2018년 사회의 가장 불안한 요인'에 대한 조사의 응답을 보면, '범죄발생'이 20.6%로 1위를 차지했다. 그 다음이 '국가안보'(18.6%)였다.
남성은 가장 중요한 것이 국가안보(20.9%) 그 다음이 범죄발생(15.0%)이라고 응답했다. 여성은 범죄발생(26.1%)이 첫 번째, 그 다음이 국가안보(16.3%)였다.

〈표 2〉 2018년 사회의 가장 주된 불안요인(주된 응답: 13세 이상)

분류	국가안보	자연재해	환경오염	인재	경제적위험	도덕성부족	범죄발생	빈부격차	계층갈등	기타
전체	18.6	6.6	13.5	9.2	12.8	9.5	2.9	20.6	6.0	0.1
남성	20.9	6.3	12.7	10.0	14.2	11.0	2.5	15.0	7.1	0.2
여성	16.3	7.0	14.3	8.4	11.4	8.1	3.3	26.1	5.0	0.1

출처: 국가통계포털

남녀 모두 국가와 개인의 안전에 대한 두려움을 사회의 가장 큰 불안 요인으로 인식하고 있다. 흥미로운 것은 남성보다는 여성이 범죄발생에 대한 두려움이 크다는 점이다.

또한 통계청의 '2018년 사회안전에 대한 인식도(범죄위험)'에 관한 통계를 보더라도, 전체적으로 안전하지 않다고 대답한 사람들의 비율이 절반 이상이다. 특히 여성은 무려 57%가 안전하지 않다고 답했다.

즉 남성 보다는 여성이 느끼는 범죄위험에 두려움이 상대적으로 더 크다는 것을 알 수 있다. 범죄정책에서 여성을 배려하는 치안정책이 더 많이 마련되고, 그에 대한 투자가 좀 더 많이 이뤄져야할 것이다.

〈표 3〉 2018년 사회 안전에 대한 인식도(범죄위험 - 13세 이상)

분류	매우 안전	비교적 안전	보통	비교적 안전하지 않음	매우 안전하지 않음
전체	1.8	15.4	32.0	38.0	12.8
남성	2.8	19.0	33.8	34.5	10.0
여성	0.9	11.8	30.3	41.4	15.6

출처: 국가통계포털

혹자는 여성의 범죄안전에 대한 두려움이 과장됐다고 생각할 수 있다. 하지만 아래의 강력흉악범죄 실제 발생통계를 보면 생각이 달라질 것이다. 보통 강력흉악범죄라고 함은 많은 사람들이 살인·강도·강간이라는 범죄를 생각한다.

〈표 4〉 강력흉악범죄 발생건수 변화

	살인	강도	성범죄 (강간, 강제추행)	비교 – 절도
2014	914	1,586	21,055	266,222
2015	929	1,446	21,286	245,853
2016	914	1,149	22,200	203,037
2017	825	967	24,110	183,757
2018	797	821	23,478	176,809

출처: 경찰청 범죄통계

강력흉악범죄 중 살인이나 강도는 감소하는 추세다. 그러나 강간이나 강제추행 등 성범죄는 계속 증가하고 있다. 성범죄 피해자의 대부분이 여성이라는 점을 감안하면, 여성이 느끼는 범죄에 대한 두려움이 훨씬 크다는 것은 분명한 사실이다.

〈표 5〉 성범죄 피해자의 남녀비율(단위: 명)

	강간(남성/여성)	강제추행(남성/여성)
2014	94/5,343	945/13,631
2015	115/5,551	1,105/13,938
2016	133/5,571	1,065/14,603
2017	93/5,729	1,356/16,257
2018	132,5875	1,406/15,205

　　그럼 어떻게 하면 범죄, 특히 아동이나 여성 등 사회취약
계층이 느끼는 범죄에 대한 질적 두려움을 낮출 수 있을까?
경찰생활 중 생각하고 고민했던 부분을 간단한 이론적 지식
을 통해 설명코자 한다.

3. 범죄의 원인은 무엇인가?
– 원인을 알아야 대책이 나온다

1) 고전주의 범죄학

범죄의 원인을 연구하는 학문이 바로 '범죄학(Criminology)'
이다. 범죄학에서 등장하는 최초 이론은 18세기 중엽부터 등
장한 고전주의 이론이다. 철학적으로는 계몽주의의 영향을
받았다.

고전주의는 중세의 잔인한 형벌에 의한 반발로 탄생한 범
죄학 이론으로, 전제 군주의 과도한 형벌권 남용을 억제하기
위한 측면이 강하다.

자의적으로 행해지는 군주의 형벌권의 남용을 막을 방법
은 무엇일까? 죄형을 법이라는 문서로 명확히 규정하는 것
이다. 고전주의에서 '죄형법정주의' 개념이 등장하게 된 배

경이다. 무엇이 죄가 되느냐? 그리고 죄에 대한 형벌을 문서로 명확히 하면, 전제 군주라도 자의적인 행사가 불가능하게 된다. 즉 절도가 범죄로 규정돼 있지 않다면 전제 군주라도 처벌할 수 없는 것이다.

고전주의 이론은 철학적·사변적인 관점에서, 인간은 '자유의지(Free-will)'를 가지고 있고 이러한 자유의지에 따라서 범죄를 통해 얻는 쾌락이나 이익이 더 크면 범죄행위를 선택하는 것으로 보고 있다.

그렇다면 사람들이 범죄를 선택하지 않게 만들려면 어떻게 해야 할까? 고전주의 학자들은 형벌을 통해 범죄로 인한 고통을 증가시켜 상대적으로 범죄로 얻는 쾌락을 낮춘다면 결국 범죄를 선택하지 않을 것이라고 판단했다.

나는 원칙적으로 (강력범죄 등 일부 범죄를 제외한) 범죄행위는 이러한 고전주의적 원인론을 믿고 있다. 따라서 특히 성인의 범죄대책에 있어서는 인간의 자유의지를 제한할 수 있는 격리적이고 위하적인 성격의 형벌이 범죄 통제정책의 기본이 돼야 한다고 본다.

2) 실증주의 범죄학

하지만 산업혁명으로 산업화·공업화가 가속되면서 빈부 격차가 심해지게 되고, 가난한 자들에게 범죄는 먹고 살기 위한 삶의 수단이 되는 경향이 발생했다.

영화 레미제라블의 장발장(Jean Valjean)을 생각하면 된다. 프랑스의 소설가 빅토르 위고가 1862년 발표한 장편소설 『레 미제라블(Les Misérables)』에 나오는 인물이며 소설의 주인 공이다.

그는 프랑스 라브리 지방의 노동자로 가난과 배고픔, 가엾은 조카들을 위해 빵 한조각을 훔친 죄로 징역 5년을 선고 받고 툴롱의 감옥에서 복무했다. 4차례 탈옥을 시도하다 결국 19년의 징역을 살았다. 죄수번호 24601으로 냉혹한 경찰 자베르에게 20년간 추격을 받게 된다. 범죄에 대한 강력한 형벌적 통제장치가 있음에도 불구하고, 무산계급들이 먹고 살기

© 아키피디아

빵을 훔친 장발장(Jean Valjean)

위해 범죄를 어쩔 수 없이 선택하게 되는 것이다.

이러한 상황에서 자유의지를 전제로 하고 있는 고전주의
는 더 이상 범죄의 원인, 그리고 범죄를 억제하는 과정을 설
명하지 못하게 된다.

여기서 등장하게 되는 것이 바로 '실증주의 범죄학'이다.
실증주의 범죄학은 자연과학적인 방법을 통해 범죄의 원인
을 증명하려고 한다. 대표적인 것인 생물학적 범죄학 그리고
심리학적 범죄학이다.

체사레 롬브로조
(Ezechia Marco Lombroso)

생물학적 실증주의 대표적
인 학자는 '생래적 범
죄인(Born Criminials)'
이라는 단어를 주창
한 그 유명한 롬브로
조(Lombroso)다. 롬브
르조는 외과의사이고
사형수와 같은 범죄자
의 얼굴뼈 등을 일일이
분석하고 연구한 결과
태어날 때부터 범죄인

으로 태어나는 사람이 있다는 이른바 '결정론'을 주창하게 된다.

오늘날의 기준으로 보면 수긍하기 쉽지 않은 부분도 있지만, 그 당시만 해도 과학적인 방법에 의해 원인 조사가 이뤄진 굉장히 앞서 나간 실증적 범죄학 이론이었다.

실증주의 범죄학은 생물학적·심리학적으로 문제가 있어 범죄를 저지른다는 결정주의적 입장을 채택하고 있으므로 이런 사람들에 대한 범죄대책은 바로 형벌로 통한 억제가 아니라 의학적인 치료정책으로 보고 있다. 현재에도 비정상적인 범죄(연쇄살인 등)를 설명하는데 있어서는 일정 부분 활용되고 있기는 하다.

앞서 말했듯 나는 연쇄살인범죄나 아동이나 여성·장애인 등 사회적 약자를 대상으로 저지르는 강력·흉악범죄에 대해서는 (고전주의가 아닌) 실증주의적 범죄학을 지지하고 있다.

하지만 이들에 대한 치료정책과 동시에 고전주의적인 격리적 형벌정책도 병행돼야 한다고 본다.

또한 여기서 말하는 치료정책이란 통원하면서 자유롭게 치료받는 것이 아니라 강력한 위하효과를 발생시키는 자유 격리적인 치료정책을 의미한다.

위하력이란 범죄의 급부로서 형벌을 부과할 때 '잠재적 범죄자'인 다른 일반인들에게 위협이 가해짐으로써 그 범죄가 얼마나 억제되겠는지를 나타내는 개념이다.

바꿔 말해 위하력이 존재하지 않는 형벌은 형벌로서의 가치가 없다고 할 수 있을 것이다. 소시민들이 고소를 하는 이유도 상대방에게 형벌로써 손해를 입힐 의사보다는 바로 위하력을 보고 고소를 하는 것일 것이다.

즉 연쇄살인범이나 성범죄자들에게는 위하적인 형벌정책이 기본이나, 생물학적·심리학적으로 문제가 있다고 판단되면 격리적인 치료정책이 부가돼야 한다. 온전히 치료를 받지 않으면 사회에 복귀해 다시 같은 범죄를 저지를 확률이 높다.

3) 사회학적 범죄학 – 신고전주의 중심으로

그 다음에 나온 이론이 '사회학적 범죄학'이다. 사회학적 범죄학은 쉽게 말해 범죄의 원인을 '사회적 환경'이라고 보는 것이다. 뉴스를 보면 범죄자들이 "사회가 날 이렇게 만들었다.”라고 외치는 경우가 있다.

물론 사회적 환경이 모든 범죄를 결정짓는 건 아니다. 그러나 빈익빈 부익부 현상이 심해지고 계층을 뛰어넘을 수 있는 사다리가 점점 없어지고 있는 작금의 상황을 본다면, 사회 환경이나 사회구조적 모순과 한계가 범죄발생을 촉진시킬 수 있다는 측면은 완전히 무시될 수 없는 부분이다.

사회학적 범죄학의 시초는 보통 1920년대와 1930년대 미국 시카고 지역을 중심으로 탄생된 사회해체이론(Social Disorganization Theory)이다.

사회해체이론에서 이른바 슬럼이라는 빈곤가에서 범죄율이 높다는 것을 지적하면서 이러한 빈곤가에서 범죄율이 높은 이유로 바로 지역사회의 해체를 언급하고 있다.

경찰이나 검찰 등 공권력은 분명 한계가 있다. 공권력이 우리 집, 우리 동네를 일일이 지켜줄 수는 없다. 오랜 경찰 생활 결과 범죄예방에서 지역사회의 관심과 참여도가 제일 중요한 역할을 수행한다고 믿게 됐다.

슬럼가의 모습

빈곤가에서 범죄가 증가하는 것은 그 사람들이 생래적 범죄인간이나 심리적·생물학적으로 문제가 있어서 그런 것도 아니고 무작정 자유의지에 의해 범죄를 선택하는 것도 아닐 수 있다.

사회해체이론은 가난한 경제적 상황으로 지역주민의 관심이 먹고사는데 바쁘고 그렇기 때문에 지역사회 응집력이 약해지고 이것이 바로 범죄의 사회구조적 원인이 된다는 것이다.

사회학적 범죄학의 많은 하부이론 중 내가 중요하게 생각하는 것은 '신고전주의' 범죄학이다. 고전주의·실증주의, 기존 사회학점 범죄학의 발전을 거치면서 알게 된 분명한 사실은 '범죄의 원인이 너무 다양하고 복잡하다.'는 것이다. 개별적인 범죄학을 가지고는 다양한 범죄의 원인을 종합적으로 설명하기 어렵다.

신고전주의 범죄학은 '무엇이 범죄의 원인인가?'라는 물음에 대한 해답 보다는, '무엇이 범죄를 억제시킬 수 있는가?'에 대한 질문에 대한 해답을 찾는 학문이다.

왜 '신'고전주의냐? 신고전주의 사회학적 범죄학은 '인간은 자유의지를 가지고 범죄를 선택할 수 있다.'는 고전주의를 전제로 하고 있기 때문이다.

즉 자유의지로 이러한 범죄를 선택하지 못하도록 형벌 이외에 기타 통제 방법론을 제시하고 있다. 이러한 이유로 신고전주의는 '통제이론'이라고 불리기도 한다.

허쉬(Hirsch)라는 학자는 잠재적인 범죄자인 인간이 범죄를 저지르지 않는 이유는 일탈적 동기가 통제받기 때문이라고 주장했다.

사회적 유대(Social Bond)가 강하면 범죄를 저지르지 않는다는 것이다. 허쉬는 이러한 사회적 유대의 구성요소로서 애착(Attachment)·전념(Commitment)·참여(Involvement)·신념(Belief)을 들고 있다.

또한 신고전주의 범죄학의 한 종류인 '범죄기회이론'은 특정범죄가 발생하게 되는 기회를 통제해 범죄를 감소시킬 수 있다고 본다. 범죄행위를 저지르는 범죄자 보다는 범죄기회 등 범죄발생의 상황 차단에 집중하고 있다.

범죄자가 범죄행동을 저지르도록 유도하는 범죄위험요인을 차단하고 그 결과, 범죄자의 행동변화(범죄의 단념)를 가져오게 하는 것이다. 이러한 범죄기회이론은 합리적 선택이론·일상생활이론·범죄패턴이론·환경설계를 통한 범죄예방론 등 다양한 하위이론으로 분파될 수 있다.

범죄의 원인은 너무 다양하고 복잡하기 때문에 모든 범죄의 원인을 하나의 범죄학으로만 설명할 수는 없다. 범죄유형마다 적절한 해결책이 개별적으로 있을 것이다.

나는 기본적인 범죄예방 정책으로 형벌을 통한 위하효과적 억제정책을 믿고 있지만, 강력흉악범죄자에 대해서는 실증적 범죄학이 더 타당한 원인론이라고 믿고 있다.

마찬가지로 절도와 같은 일상적인 범죄는 그 원인론을 설명하는데 있어 범죄기회이론과 같은 신고전주의적 범죄학이 좀 더 타당하다고 생각한다.

궁극적으로는 '어떠한 요인이 범죄를 통제시킬 수 있는가?' 그리고 '어떻게 하면 사회적 유대를 강화하고 범죄기회를 통제할 수 있을까?' 이에 대한 답변이 절도와 같은 범죄를 예방하기 위한 대안이 될 수 있다고 본다.

4. 현실적인 범죄대책론

1) 아동, 여성 등 사회적 약자 대상으로 하는 강력 흉악범죄자 범죄대책

(1) 조두순 출소 임박, 치료감호법 개정의 필요성

범죄의 구분과 그에 맞는 대책론을 설명하고자 한다. 먼저 연쇄살인이나 강력흉악범죄에 대한 범죄대책이다. 2020년 12월 13일 만기 출소하는 조두순을 예로 들자.

조두순은 2008년 12월 등교 중이던 초등학교 1학년 여학생을 성폭행해 끔찍하고 돌이킬 수 없는 상처를 남겼다. 당시 검찰은 범행의 잔혹성 등을 고려해 전과 18범인 조두순에게 무기징역을 구형했다.

그러나 법원은 범행 당시 조두순이 만취상태였다며 주취감경을 적용, 고작 12년의 징역을 선고했다. 조두순과 같은 아동 대상 강력흉악범죄자에 대해서는 고전주의를 기본으로 실증주의적 대책이 가미된 정책이 필요하다고 생각한다.

즉 강력한 격리적 형벌을 통해 위하효과를 가져오고 부가적으로 치료정책을 부과해 재범의 위험성을 조금이라도 더 낮춰야 한다.

청와대 청원 사이트에 올라온 조두순 출소 반대 청원

조두순의 경우는 고작 12년의 형을 받았다. 치료감호법상 치료감호도 받지 않았다. 그래서 조두순이 출소 후 재범을 저지를 가능성이 높다고 보는 전문가들이 상당히 많다.

아쉽게도 형벌불소급의 원칙에 의거해 조두순의 출소를 막을 수 있는 방법은 현재로선 없다. 하지만 미래의 위험예방적 성격을 가지는 보안처분의 경우는 원칙적으로 법률불소급의 원칙을 적용받지 않는다.

따라서 현실적으로 24시간 집중보호관찰제 등과 같은 강력한 보호관찰처분을 입법화 한다면, 조두순이 출소한다 하더라도 재범방지를 위한 조두순에 대한 강력한 보안처분적 감시체계가 이루어질 수 있을 것이다. 따라서 조두순이 출소하기 전 이러한 자유제한적 보안처분에 관한 입법이 시급히 이뤄져야 한다.

또한 치료감호법에 의한 치료감호(격리돼 치료받는 것)라는 현행법상 유일한 자유박탈적 보안처분이 존재한다. 하지만 법상 제약이 많다.

현재 강력 성범죄자는 최장 15년 동안만 가능하다. 물론 살인행위가 있는 경우에는 1회 2년, 3회 총 6년까지 갱신이 가능하다. 다만 형벌(징역)과 치료감호가 병과된 경우에는 치료감호가 우선 집행되고, 치료감호의 집행기간은 이중처벌을 면하기 위한 목적으로 형벌의 집행기간에 산입된다.

쉽게 말해 징역 3년에 치료감호 2년이라고 한다면 치료감호 2년을 먼저 받고 나머지는 징역 3년이 아니라 1년만을 살게 되는 것이다. 이러한 이유로 치료감호를 선고한다면 그 기간만큼 형벌이 줄어들기 때문에 국민의 법감정에서는 다소 이해하기 어려운 측면이 있다.

따라서 치료감호의 집행기간을 일정 부분 형벌의 집행기간에서 제외할 수 있는 개정안이 필요하다. 치료감호는 자유박탈적 보안처분이기 하지만 근본적으로 '치료'에 중점을 두고 있다. 따라서 강력하고 흉악성범죄를 대상으로 일정 기간을 형벌에 산입하지 않는다고 하면 '위헌적인 이중처벌이다.'라는 비판은 충분히 피할 수 있다고 본다.

치료감호법 개정을 통해 아동·여성대상 흉악범죄자에 대해 강력한 치료감호적 정책을 펼치는 것이 재범률을 낮추는 현실적인 길이 될 것이다.

또한 치료감호를 위한 치료시설도 국내 공주치료감호소 한 곳으로 과밀화 현상이 심화되고 있다. 최근 언론보도에 따르면 현재 공주치료감소의 의사 정원은 20명이지만 11명만 근무하고 있는 것으로 알려졌다.

특히 정신건강의학과는 의사 1인당 160여 명을 진료하고 있다. 규정보다 3배가 넘는 인원을 담당하고 있는 것이다. 이런 상황에서 치료감호를 연장한다 하더라고 제대로 된 치료가 가능할지 의문이다.

쓸데없는 데 예산을 낭비하지 말고 이러한 곳에 과감한 예산지원이 필요하다.

나아가 치료감호가 끝나더라도 재범위험성이 농후한 범죄자만을 대상으로 보호관찰을 좀 더 강화할 필요가 있다. 현재의 치료감호법상 보호관찰 기간은 3년이며 갱신이 불가능하다. 반면 사상범에 대한 보안관찰이라는 보안처분은 그 갱신의 횟수에 대하여 아무런 제한이 없다.

대다수 국민들은 아동 및 여성 대상 강력흉악범죄자의 죄질이 국가보안법과 같은 사상범보다 죄질이 훨씬 나쁘다고 생각할 것이다.

그럼에도 군이 치료감호 후 보호관찰 3년 기간에 대한 갱신횟수를 제한할 필요가 있을까? 보안관찰법처럼 보호관찰에 대한 갱신횟수 제한을 두지 않는 치료감호법 개정이 시급하다. 보안처분은 위험성을 제거하기 위한 예방적 처분의 성격을 가지고 있다.

그래서 형벌은 몰라도 적어도 보안처분에 있어서만큼은, 범죄자의 인권 못지않게 위험성 예방을 통한 사회적 방위의 필요성이라는 가치가 좀 더 존중돼야 한다.

(2) 사형유예제도의 도입 필요성

조두순은 물론 유영철·강호순과 같은 연쇄살인범에는 응당 사형죄의 선고와 집행이 필요하다고 본다. 하지만 우리나라는 김대중 정부 이후로 사형제를 집행하지 않고 있다.

이런 이유로 지금은 실질적인 사형제폐지국가로 분류되고 있다. 그러나 나는 사형제의 당위성 여부를 떠나 이러한 사형제 미집행은 법률적인 측면으로 볼 때 분명 위법적인 요소가 있다고 생각한다.

그 이유는 형사소송법 제465조가 '사형집행의 명령은 판결이 확정된 날로부터 6월 이내에 하여야 한다.'고 규정하고

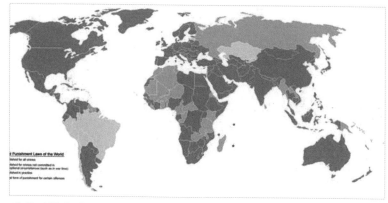

세계 사형제 지도. 한국은 제도가 있지만 집행되지 않는(abolished in practice) 국가에 속한다.

거나 폐지하는 것이 현실주의적 법치주의라고 생각된다.

만약 개정이 된다면, 사형을 집행하기도 어렵고 폐지하기도 어렵기 때문에 사형유예제도와 같은 현실적인 방법론을 입법화하는 것도 대안이라고 생각한다.

사형제가 강력범죄자에게 던져주는 강력한 위하적 메시지가 분명 있다. 다만 사형을 선고하되 사형을 일정한 조건 하에 유예시켜 사형제도는 유지하되 미집행의 불법성은 없애버리는 것이다.

2) 청소년 범죄에 대한 대책 – 촉법소년의 나이제한 완화

최근 들어 청소년들의 범죄의 질이 더욱 나빠지고 있는 것은 물론 빈도도 늘어나고 있는 추세다. 청소년은 성인에 비해 신체적·인격적 미성숙으로 인해 자유의지가 상대적으로 부족하다고 판단, 이에 청소년 범죄에 대해서는 형벌에 의한 강력한 통제정책보다는 훈방이나 선도 등 다소 유연하고 부드러운 정책이 요구된다.

이러한 이유로 촉법소년(10세 이상 14세 미만인자)의 경우는 형사미성년자(책임무능력자)로 분류돼 형벌이 부과되지 않는다. 법적으로는 보안처분만 가능하다.

우리 알고 있는 징역이나 벌금은 형벌에 해당하고, 형벌은 기본적으로 과거행위에 대한 책임에서 기인한다. 하지만 소년원 송치와 같은 보안처분은 과거행위 책임이 아니라 미래에 대한 위험성을 제거하기 위한 예방적 처분에 해당한다.

즉 10세 이상 14세 미만인 촉법소년에 대해서는 형벌은 불가능하고 보안처분만 가능하므로, 위하효과의 감소로 청소년의 재범율이 높아질 수밖에 없다.

ⓒ아카이브프

　2019년 법무연수원에서 발간한 2018년 범죄백서의 통계를 보더라도, 소년원 출소 후 1년 이내의 재입소율이 2013년 10.1%, 2014년 9.5%, 2015년 12.0%, 2016년 14.0%로 그 비율이 조금씩 높아지고 있는 것을 알 수 있다. 2016년 통계가 가장 최근 통계이다.

　나아가 촉법소년에 의한 학교폭력 그리고 강력범죄가 신문지면을 뒤덮는 경우가 계속적으로 발생해 촉법소년 범죄에 대한 국민이 느끼는 질적인 두려움 역시 높아지고 있다.[1]

---

1) 2016년 통계가 가장 최근 통계임.

앞서 말했듯 소년 범죄에 대해서는 훈방이나 선도, 교육 등과 같은 유연한 법 정책이 우선돼야 한다. 이를 부정하는 것은 아니다.

소년 범죄에 대해서는 과도한 형벌적 처분은 법 정책상 올바르지 않다. 그럼에도 불구하고 최소한 촉법소년의 나이제한 관련해서는 다소간의 하향조정이 필요하다고 본다.

과거의 14세 미만과 지금의 14세 미만을 정신적·육체적으로 동일하게 비교할 수 없기 때문이다. 따라서 촉법소년의 기준을 만14세 미만에서 만13세 미만 등으로 하향 조정한 개정안이 필요하다.

촉법소년이 아닌 소년범죄, 특히 죄질이 좋지 않고 재발가능성이 높은 소년범죄자의 경우는 강력한 형벌적 대책 그리고 동시에 이와 병과될 수 있는 보안처분적 대책이 이뤄져야 한다.

소년이라고 해서 무작정 관용을 베푸는 것이 정답이 아니다. 때로는 죄질이나 반성도에 따라 강력한 위하적 처벌 그리고 동시에 위험성 예방을 위한 자유제한적 보안처분적 대책이 동시적으로 집행돼야한다고 생각한다.

3) 궁극적인 범죄대책 - 지역주민의 참여 그리고 살기 좋은 지역을 만들기 위한 환경 변화적 범죄예방정책의 필요

(1) 깨진 유리창 이론(Broken Windows Theory)

경제가 발전하려면 그 지역이 안전해야 함은 이제 당연하다. 나는 이러한 범죄예방과 관련된 여러 대책이론 중에서 Kelling과 Willson 교수가 주창한 '깨진 유리창 이론'(Brokem Windows Theory)을 아주 좋아한다. 범죄원인론은 아니지만, 사회적 대책을 포함하고 있으므로 사회학적 범죄학의 파생이론정도로 생각할 수 있다.

ⓒ 아이피아이

<그림 1> 깨진 유리창 이론 - 범죄의 발생과정

기초질서 위반행위의 방치 (지역사회무관심) → 비공식적 통제능력의 약화 → 범죄에 대한 두려움 → 지역사회 황폐 → 범죄의 발생

　　깨진 유리창 이론은 경찰대에서 처음 접했던 이론이다. 깨진 유리창 이론은 범죄학을 공부하거나 범죄예방에 관심 있는 사람이라면 누구나 잘 알고 있는 내용이다. 쉽게 말해 유리창이 깨진 상태로 방치되면 다시 말해서 기초질서 위반행위가 방치되면 비공식적 통제능력(사회문화적인 통제능력)이 약화된다. 그러면 지역사회의 범죄두려움이 증가해 지역사회가 황폐화되고, 그 결과 범죄가 증가하게 되는 악순환이 발생한다는 것이다. 여기서 기초질서 위반행위가 방치되는 이유는 지역사회, 지역주민들의 이러한 위반행위에 대해 그 누구도 신경 쓰지 않기 때문이다.

　　나는 평생 실용적이고 실무적인 가치를 존중하고 사랑해 왔다. 깨진 유리창 이론을 가장 좋아하는 이유는 바로 뉴욕(New York)이라는 세계적인 도시에서 바로 그 이론의 효용성

과 효과성이 실제적으로 입증됐기 때문이다. 이론이 이론으로 머물면 나처럼 현장을 누비는 사람에게는 흥미가 없다.

1990년 초반만 해도 뉴욕은 각종 범죄문제로 골머리를 앓고 있었고 계속해서 발생하는 강력 범죄로 뉴욕시민들의 불만도 거의 최고조에 달하고 있는 상태였다. 뉴욕에서 발생한 살인범죄의 숫자가 우리나라 전체 살인범죄 숫자보다 훨씬 많을 정도였다.

뉴욕의 유력일간지인 뉴욕타임스(the New York Times)는 1989년 9월 5일자 신문에서뉴욕을 '배트맨이 등장하기 이전의 고담시'(New York was 'Gotham before Batman')로 풍자하기까지 했다.

1994년에 뉴욕시장으로 취임한 루돌프 줄리아니(Rudolph Giuliani)는 그 유명한 윌리엄 브래턴(William Bratton)을 뉴욕경찰국(NYPD) 국장으로 임명했다. 그는 악명 높은 뉴욕의 범죄율 문제를 해결하기 위해 바로 깨진 유리창 이론을 실무에 적용, 각종 무질서가 난무한 뉴욕지하철에서 구걸행위·낙서행위·노상방뇨행위·소란행위 등을 강력하게 단속했다.

그 결과 1999년에는 중범죄가 75%까지 줄었다. 지금도 미국에서 밤늦게 거리를 돌아다닐 수 있는 도시는 뉴욕 맨하튼·라스베가스 스트립 지역 등으로 손꼽힐 정도다.

혹자들은 깨진 유리창 이론을 근거로, 사소한 법위반에도 강력히 대응하는 이른바 '무관용원칙(Zero-Tolerance Policy)'을 주장하기도 한다. 하지만 이는 깨진 유리창 이론에 대한 명백한 오해다.

깨진 유리창 이론은 이러한 감시가 반드시 강력한 처벌로 연결된다는 게 아니다. 오히려 경찰관의 유연한 법집행을 강조하고 있으며 사소한 법위반에도 항상 감사의 눈이 있다는 것을 보여주는 것이 중요하다는 의미다.

◀ 윌리엄 브래턴(William Bratton) 뉴욕경찰국(NYPD) 국장

난 경찰 생활 대부분을 수사와 정보 분야에서 보냈다. 현대 들어 범죄수사의 중요성이 매우 강조되고 있지만 경찰의 본연의 임무는 수사보다는 '범죄예방'이다.

최초의 근대경찰인 영국의 수도경찰청(Metropolitan Police Service)의 창설자였던 로버트 필 경(Sir Robert Peel)은 "경찰의 기본적인 임무는 범죄수사가 아니라 '범죄와 무질서의 예방(The basic mission for which the police exists is to prevent crime and disorder)'"이라고 강조했다.

어찌보면 당연한 말이다. 범죄수사를 하는 것은 범죄가 발생했기 때문이고, 범죄가 발생했다면 결국 피해자가 발생했다는 것이다. 국민의 입장에서는 범죄자를 잡는 것 만큼이나 그러한 범죄가 아예 발생하지 않는 것이 훨씬 더 중요한 것이다.

재밌는 것은 깨진 유리창 이론을 뉴욕 전역에 도입했던 윌리엄 브래튼이 2014년 다시 뉴욕경찰국장으로 임명됐는데,

그는 당시 청장 인사말에서 본인이 가장 존경하는 인물로 바로 영국의 로버트 필경을 꼽았다.

깨진 유리창 이론은 바로 강력한 처벌이 아니라 감시능력이 살아있다는 것을 보여주는 것이다. 이것이 내가 지향하는 범죄예방이다. 중요한 것은 경찰력 강화 등 공적통제가 아닌 '지역사회의 관심'을 토대로 한 '비공식적 통제능력(사회문화적인 통제능력)'을 강화하는 것이다.

말 그대로 동네 사람들이 자기 동네에 더 많은 관심을 가지고 참여하게 하는 것이다. 누군가의 집 유리창이 깨져있다면, 당사자가 스스로 신속하게 깨진 유리창을 갈아 끼워야 한다. 하지만 집주인이 이를 빨리 인식하지 못할 경우, 이웃 사람들이 이러한 문제점을 지적하고 말해줄 수 있어야 한다.

© 아이클릭아트

범죄예방을 위해서는 경찰 등 기관의 역할도 중요하지만, 이와 못지않게 지역사회 그리고 지역주민의 관심과 지지 역시 아주 중요하다. 우리 동네가 살기 좋은 공간이 되면 지역에 대한 믿음과 애착이 자동적으로 커지게 된다. 지역주민의 관심과 지지가 범죄율은 물론 두려움도 낮출 수 있다.

지역주민의 협조가 관심이 있어야 지역치안에 대한 문제점이 지적되고 이에 대한 해결이 이루어질 수 있다. 그렇다면 현실적으로 이러한 지역주민 주도의 범죄예방 정책은 어떻게 실현될 수 있을까?

(2) 셉테드 – 환경설계를 통한 범죄예방(CPTED)

이러한 환경이나 이미지를 개선하는 범죄대책 중에 가장 대표적인 것이 바로 셉테드, 즉 환경설계를 통한 범죄예방(CPTED: Crime Prevention Through Environmental Design)이다.

신고전주의(통제이론)에 입각한 안전에 관한 주된 대책으로, 환경이나 이미지 개선을 통해 범죄자가 범죄를 선택하지 않도록 분위기를 형성하는 것도 중요하다.

우리나라에서도 약 15년 전부터 도입되기 시작해 현재는

건축법에도 반영돼 있다. 대한민국의 거의 모든 기초 지자체에서 꾸준하게 펼치고 있는 안전정책 중의 하나이다. 단, 셉테드는 환경설계 자체가 그 목적은 아니다.

환경설계를 통해 범죄기회를 차단하고 이로써 범죄를 단념케 하는 것이다. 또한 이러한 범죄기회를 축소해 결국 그 지역을 '살기 좋은 공간'으로 바꾸는 것이다.

셉테드와 범죄율의 연관성을 살펴보자. 위의 우리나라 범죄통계를 보면 강도 발생건수가 많이 줄어든 것을 알 수 있다. 예전에는 편의점 강도가 많았는데, 편의점 시설환경에 셉테드 개념 중 자연적 감시 및 접근 통제 등을 강화해 이러한 편의점 강도가 대폭 줄었고 이로 인해 강도 발생건수 통계도 지속적으로 낮아진 것으로 추정된다.

셉테드에서 가장 중요한 원리는 '유지관리'와 '활동성 증대'라고 생각한다. 이 두 원리는 서로 긴밀한 관계가 있다. 활동성 증대는 쉽게 말해 지역사회 주민들이 뭔가를 같이 할 수 있도록 그 기회를 마련해주는 것이다.

취미생활이나 운동 등을 같이하게 된다면 지역사회의 관심이 높아지고, 이렇게 되면 깨진 창문을 쉽게 발견하게 되고 따라서 빨리 깨진 창문을 새로운 창문으로 바꿀 수 있다는 것이다.

활동성이 증대되면 유지관리가 쉽게 이뤄질 수 있다. 이러한 관점에서 본다면 셉테드의 활동성 증대 및 유지관리 기본원리 역시 깨진 유리창 이론과도 접목될 수 있다.

범죄예방 정책에 있어서 물론 국가기관의 역할이나 활동도 중요하지만 그 지역에 사는 주민들이 이제는 범죄예방의 주체가 돼야 한다. 특히 아동이나 여성을 대상으로 한 범죄예방을 위해 셉테드 개념이 좀 더 적극적으로 실무에 적용되고, 정책입안에 있어서도 지역주민의 참여가 담보돼야한다.

이러한 참여가 이루어진다면 지역공동체가 기본적으로 형성돼 있어야 한다. 자기 지역이 잘 사는 공간이 되려면 지역주민의 참여가 필수다. 어떻게 보면 21세기 최첨단의 시대에서 효과적인 범죄예방은 역설적으로 과거 공동체 삶으로의 회귀라는 측면도 있다.

셉테드의 활동의 활성화, 유지관리 기본원리는 공동체의 결속(Cohesion) 및 연결성(Connectivity)을 가져오고 이러한 관계회복을 통하여 범죄에 대한 질적인 두려움을 없애는데 상당한 도움이 될 것이다.

기본법 제정을 통하여 공동체의 가치를 회복하고 이를 통하여 범죄도 예방하고 지역을 잘 사는 공간으로 바꿔야 한다. 그것이 범죄의 두려움을 줄일 수 있는 확실한 방법 중 하나이다.

물론 나를 포함한 대한민국 대부분은 국민들은 먹고 살기에 바쁘다. 따라서 지역사회의 안전에 직접적인 관심을 표명하고, 협조하고 활동하기가 쉽지 않은 게 현실이다. 자율방범활동을 도와달라는 등 일방적인 참여만을 유도할 수는 없는 것이다.

이러한 부분에 있어서 국가기관이나 지자체의 적극적인 참여가 중요하다. 지역주민의 참여와 관심도가 높아질 수 있도록 공공기관이 정책적, 행정적으로 지원해야 한다.

따라서 도시재생이라든지 이러한 환경적인 측면에 많은 투자가 필요하고 이러한 환경적인 투자를 이끌 수 있는 범죄예방기본법의 제정도 필수적이다.

또한 법제정에 있어서는 앞에서도 보았듯이 상대적으로 범죄의 두려움을 많이 느끼는 아동이나 여성 등 사회취약계층에 대한 배려가 필요하다.

상대적 배려를 양성평등이라는 이유로 무조건 배척하는 것이 오히려 공정과 정의에 어긋난다고 본다.

5. 대한민국 안전정책에 대한 생각

1) 재난이란 무엇인가?

2018년 봄에는 미세먼지, 여름에는 폭염으로 굉장히 고생을 했던 기억이 난다. 올해도 폭염은 여전했다. 8월초에는 에어컨 없이는 잠을 잘 못 잘 정도였다. 이로 인해 폭염도 재난인가? 미세먼지도 재난인가? 등 논쟁이 있었고 법 개정을 통해 재난개념으로 포섭됐다. 특히 미세먼지는 사회재난으로 분류됐다.

우리는 보통 태풍, 가뭄, 지진을 재난이라고 생각한다. 하지만 아무도 살지 않는 공간에 태풍이 오고 가뭄이 오고 지진이 발생했다면 그것도 재난인가? 태풍이 왔지만 잘 대비하여 아무런 피해가 없는 경우 그 태풍도 재난인가? 이때는 그 누구도 재난이라고 하지 않는다.

맞다. 재난은 원인이 아닌 결과적인 개념이다.

태풍이나 지진이 오더라도 피해가 발생하지 않으면 그건 재난이 아니다. 그럼에도 불구하고 우리나라는 재난과 안전관리 기본법 상 재난을 사회재난과 자연재난으로 구분하고 있고, 원인행위 위주로 법 개념을 기술하고 있다.

하지만 자연재난 개념에 있는 재난의 종류인 태풍이나 가뭄, 지진, 폭염, 폭설 등 원인행위 그 자체는 재난이 아니다.

재난으로 인한 후속결과나 피해가 발생해야만 그것이 재난이 되는 것이다. 따라서 어떻게 보면 자연재난의 개념은 이제 있을 수가 없다. 모든 것이 사회재난으로 분류될 수 있다. 이러한 이유에서 영국과 미국에서는 재난에 관한 법 개념이 우리처럼 사회재난이나 자연재난으로 분류돼 있지 않다.

만약 재난을 원인행위로 분류한다면 새로운 원인행위가 나올 때 마다 법 개정을 해야만 재난법상의 대응이 가능하다. 하지만 법 개정을 할 때쯤이면 벌써 상당한 사회적 비용이 발생했을 것이다. 앞서 말했듯 지난해 연말 미세먼지가 재난 및 안전관리 기본법 상 재난개념으로 포섭돼 심각한 미세먼지가 발생하면 이제는 재난법상의 대응이 작동된다.

하지만 2018년 초 우리 국민들이 미세먼지로 얼마나 많은 고통을 겪었나?

재난을 결과 발생적 개념으로 인식한다면, 이러한 법 개정은 필요 없다. 원인행위가 무엇이든 간에 막대한 결과적인 피해를 재난으로 보기 때문이다.

그래서 영국과 미국은 테러에서 발생한 피해 역시 재난개념으로 포섭하고 있다. 이걸 영국과 미국에서는 통합형 재난 관리체계라고 부르고 있다.

▲ 911테러 당시 미국 국제무역센터

하지만 우리나라는 원인마다 대응이 달라지므로, 통합형이 아닌 분산형 체계라고 보는 것이 더 옳다. 예를 들어보자. 만약 육지에서 화학사고가 터지면 우리나라는 환경부가 주무부처가 돼 대응체계가 작동된다. 만약 화학사고의 원인이 테러라면 이때는 테러방지법이 작동되고 경찰청이 주무부처가 돼 체계가 돌아간다.

재밌는 것은 이 테러가 북한의 소행이면 통합방위법이 적용되고 군에 의한 대응체계가 작동된다는 점이다. 원인행위에 따라 대응법률이 달라지고 대응체계가 달라지니 현장에서는 얼마나 혼란스럽겠나? 특히 사건 초반에 이것이 그냥 일반테러인지 그냥 사고인지 아니면 북한에 의한 소행인지 판단하기 어려울 때도 많을 것이다. 그럼 우리나라는 또 지휘권 문제로 기관들이 엄청 싸울 것이 분명하다. 따라서 육상에는 소방, 바다에서는 해경 위주의 대응체계로 단일화 할 필요가 있다.

우리나라는 사회적 재난이 많은 나라다. 삼풍백화점 붕괴사건, 성수대교 붕괴사건, 대구지하철화재사건, 화성씨랜드사건, 세월호 참사, 최근의 제천화재사건까지 상당히 많은 재난이 발생했고 이로 이한 국민적 고통, 사회적 비용 및 손실도 상당했다. 이러한 재난을 결과중심으로 본다면, 어떠한 재난이 일어난다 하더라도 대응체계가 통일성이 유지되고 신속한 대응이 가능할 것이다.

2) 재난관리 - 원인과 대응

재난의 원인은 앞에서 살펴본 범죄의 원인과 그 메커니즘이 유사하다. 대책을 내놓으려면 원인과 현상의 분석이 전제돼야 한다. 범죄대책이 어려운 이유는 범죄원인이 너무 다양하고 복잡하기 때문이다. 재난에 대한 대응책도 마찬가지다. 위험원인이 너무 복잡하고 다양하기 때문에 재난대응도 쉽지않다. 재난의 원인과 관련해 다양한 개별 이론이 존재한다.

독일의 저명한 사회학자 울리히 벡(Ulrich Beck) 교수는 본인의 저서 『위험사회』에서 현대사회를 문명의 화산 위에서 살아가는 위험사회(Risk Society)라고 규정했다. 그는 이러한 위험사회에서 현대사회 기술의 발전이 역으로 불확실성(Uncertainty)·복잡성(Complexity)·다양성(Multiplicity)을 증대시키고 그 결과 기술발전의 잠재적인 위험성이나 그 결과를 예측하기 불가능하게 만들었다고 주장했다.

　미국의 저명한 사회학자인 찰스 페로우(Charles Perrow) 교수 역시 유사한 맥락에서, 현대 기술 시스템들은 상호 복합적(Interactively complex)으로 작용하고 서로 긴밀하게 연결돼(Tightly coupled) 있기 때문에 이러한 기술시스템 운영에서 발생되는 사고는 피할 수 없는 필연적인 사고, 이른바 정상사고(Normal Accidents)라는 점을 강조하고 있다. 또한 영국의 위기관리학자 베리 터너(Barry Turner) 교수도 재난은 인적·기술적·조직적·문화적 요인들이 복합적으로 결집되어 발생하는(A combination of human, technical, organizational, and cultural factors), 이른바 '사회기술적 실패(Socio-technical Failure)'의 성격이 강하다고 강조했다.

　이렇듯 재난의 원인인 위험은 굉장히 복잡하고 불확실성이 강하므로 모든 위험을 예방하기가 어려운 측면이 있다. 따라서 위험에 대한 철저한 예방책은 물론이고 위험이 발생했을 때 이에 대한 신속 대응을 통해 피해를 최소화하고 원래의 상태로 빨리 되돌릴 수 있는 관리능력이 중요하다.

3) 세월호 참사 - 해경의 구조와 구급능력 강화 필요성

2014년 4월 16일 발생한 세월호 침몰사건은 해경에 몸담았던 입장에서 참으로 안타까운 사회적 참사다. 지금까지 뉴스에 보도된 세월호 침몰의 원인을 보면, '부실한 안전점검'·'안전기준완화'·'승무원 및 승객안전 교육미흡'·'화물과적'·'선원들의 구조직무 해태'·'구조기관의 부실한 대응' 등 여러 가지 인적·조직적 문제점들이 깔려져 있다. 이러한 복합적이고 상호 연결된 원인을 보면, 세월호 참사는 찰스 패로우 교수의 정상사고(Normal Accidents) 또는 터너 교수의 사회기술적 실패(Socio-technical failure)라고 표현할 수 있다.

해경의 정확한 명칭은 '해양경찰청'이다. 바다의 경찰인 것이다. 이러한 이유에서 그런지, 해경도 경찰청과 마찬가지로 수사와 정보가 강조됐다. 해양에서는 해경이 긴급구조기관이기 때문에 수색과 구조 활동에도 좀 더 많은 예산투입과 관심이 있어야 하는 데 말이다.

세월호 참사 이후 해양재난사고 대응능력을 키우기 위한 해경의 노력이 상당했다. 하지만 이러한 노력이 지속되려면 국민의 관심과 때로는 질책이 필요하고, 더욱이 그러한 것을

이루기 위한 정부의 예산과 인력지원도 역시 절실하다.

　해양사건의 대응도 범죄대응과 유사한 측면이 있다. 해경이 혼자서 모든 대응을 단독으로 할 수 없다. 지역사회의 관심과 참여가 필요하듯이, 해양재난에서의 대응도 바다라는 지역사회의 공동체, 즉 바다에서 활동하시는 어민들의 적극적인 노력과 참여가 필요하다. 또한 구조 활동 참여시 어민들의 손실을 보상할 수 있는 법적·제도적 시스템의 구축도 완벽히 이뤄져야 한다. 다시는 우리의 바다에서 세월호와 같은 참사가 발생하지 않도록, 예방 그리고 사고 발생 시 신속한 구조대응이 이루어지길 희망한다. 옛 고향인 해경의 분발을 촉구한다.

세월호 사건 이후 특별조사위원회도 발족됐지만, 단편적인 법 개정만 이뤄졌을 뿐, 종합적인 제도 개선은 아직까지 눈에 잘 보이지 않는다. 국가 전체의 시스템적인 측면에서 볼 때는 크게 달라진 것도 없어 보인다.

특조위에서는 빠른 시일 내로 세월호에 관한 객관적이고 종합적인 원인조사 보고서를 발간하고 공개해야 한다. 재난으로부터 배우지 못하면 유사한 재난이 계속해서 발생할 수밖에 없다.

또한 특조위에 전문성이 전혀 없는 시민단체 출신의 비전문가들이 자리를 차지하고 있다는 비판도 존재한다. 결국 공개된 보고서의 객관성과 전문성에 따라 지금 제기되는 여러 문제점도 사후 평가될 것이다.

4) 원자력 사고 – 탈원전이 답인가?

문재인 정부는 출범 직후부터 '탈(脫)원전 정책'을 추진하고 있다. 원자력발전소를 단계적으로 감축해 원전 제로(0)시대를 열겠다는 것이다. 정부는 탈원전 정책의 가장 큰 이유로 원자력발전소의 위험성을 들고 있다. 점차적으로 원전을 줄이고 신재생에너지의 비율을 높여 전력수급의 차질을 줄이겠다는 것이다.

CJ에서 수행했던 주요 업무가 바로 기업 위험관리(Risk Management)였다. 위험은 통상적으로 발생가능성(Likelihood) 및 영향(Impact) 또는 결과(Consequence)로 표현된다. 원자력은 통계적으로 보면 아주 안전하다는 평가를 받는다. 그 이유는 발생확률이 극히 낮기 때문이다.

하지만 탈원전정책을 옹호하는 측에서는 일본의 후쿠시마 사례처럼 만약 발생했을 경우, 그 여파나 충격 그리고 결과에 대한 사회적 비용이 너무 막대하다는 점을 근거로 내세우고 있다.

우리가 흔히 말하는 '안전문화(Safety Culture)' 이론은 바로 구소련의 체르노빌 원전 폭파사고에서 유래됐다. 체르노빌 원전사고의 주된 이유는 기술적인 결함보다는 관리적인 문제다.

체르노빌 원전 관리자의 안전문화 의식이 저조했다는 것

이다. 원자력을 적정한 수준에서 경제성 있게 대체할 수 없는 수단이 없는 한, 발생 가능성이 아주 낮은 원자력의 사용은 필수 불가결하다고 본다.

위험관리 기법에는 여러 가지가 있는데 대표적인 5가지가 ① 위험회피(Risk Avoidance), ② 위험전이(Risk Transfer), ③ 위험분산(Risk Spreading), ④ 위험감소(Risk Reduction), ⑤ 위험수용(Risk Acceptance)이다. 탈원전은 위험을 회피(Risk Avoidance)하는 것이다. 하지만 위험관리에는 위험회피도 있지만 위험분산, 위험감소, 위험수용 등 다양한 방법론이 존재한다.

　인간의 모든 활동은 위험을 수반한다. 수술할 때도 의료사고의 위험성이 있고, 길을 걸어 다니거나 자전거를 타고 통학할 때도 교통사고 등 항상 위험성이 있다. 비행기를 탈 때도 마찬가지다. 인간 활동 자체가 위험성을 내포하고 있는 것이고, 위험성을 무작정 회피하기만 한다면 인간은 활동 자체를 할 수가 없다.

　따라서 원자력정책 관련해서는 위험회피가 아닌 위험감소 (Risk reduction) 정책을 펼쳐야 한다고 생각한다. 기술적 보완은 물론 관리적·절차적 위험성 보완통제 정책을 펼쳐 발생 가능성을 더욱 더 낮추고, 만약 이러한 사건이 발생했을 때

▲ 고리발전소 주제어실

그 피해를 최소화 하고 신속히 회복할 수 있는 종합적인 대책이 필요하다.

신재생에너지 개발정책이 아직까지 원자력을 대체할 현실적인 수단이 되지 못하는 상황에서 이러한 정책이 더 현실적이기 때문이다. 위험이 무섭다고 해서 무작정 회피한다면 인간의 삶 자체는 존재할 수 없고 더 이상의 발전도 없다.

기술자는 아니지만 이러한 문제점을 해결해나가는 것 역시 기술발전이라고 믿는다.

북한의 김정은처럼 비행기가 무섭다고 항상 철도만을 이용할 수는 없다. 아이러니 한 것은 발생 가능성 측면에서 본다면 비행기가 철도보다 훨씬 더 안전하다는 것이다. 지금은 탈원전이 아니라 탈원전에 대해 고민은 하되, 원자력정책의 안전성을 담보할 수 있는 기술이나 정책적 개발에 좀 더 초점을 둬야 할 때라고 생각한다.

또한 사고 발생 상황을 가정해 대응이나 복구능력을 강화하는 것이 중요하다. 현 시점에서는 원자력 위험을 회피하지 말고 그 위험을 감소시키는 것이 현실적이고 국가경쟁력을 유지할 수 있는 방법론을 찾는 게 우선이 돼야 한다. 그다음 이를 대체할 수 있는 기술의 점진적인 개발을 추진해야 한다.

6. 기업의 기밀유출 범죄 방지를 위한 산업보안 대책

1) 정부기관의 역할강화

지금 우리는 제4차 산업혁명시대를 살고 있다. CJ ENM이라는 문화콘텐츠 기업에 재직하고 있는 나는 이러한 변화를 절실히 체감하고 있다. 제4차 산업혁명시대는 우수한 기술력이 더욱 중요해지는 시기다. 우리 경제를 지탱하는 반도체의 경우만 보더라도 반도체 수출의 감소가 정부재정과 국가경제에 얼마나 큰 영향을 미치는지 잘 알 수 있다.

정부는 기술기반 산업을 위해 2020년에 처음으로 20조 원이 넘는 22조 원을 연구개발에 투자할 예정이라고 한다.

하지만 이렇게 막대한 예산을 투자해서 개발한 우리 반도체, 디스플레이를 비롯한 산업기술이 해외 기업으로 빠져나가고 있다. 정부는 각 부처가 참여하는 산업기술보호위원회

를 중심으로 산업기술보호를 위한 예방과 검거대책을 추진
하고 있지만, 계속 증가하고 있는 산업기술유출 사건을 볼
때 이러한 노력은 별로 효과가 없는 것으로 보인다.

　중국의 기술발전은 놀랍다. 특히 중국 기업에서 판매하는
스마트폰은 소위 가성비가 뛰어난 것으로 평가받고 있다. 또
한 반도체를 국산화하기 위해 막대한 예산을 투자하고 있으
며, 우리가 가장 앞서 있는 최신 디스플레이 기술을 거의 따
라잡고 있다. 우리 경제를 지탱하고 있는 반도체가 중국보
다 뒤쳐진다면 이는 단지 몇몇 기업의 문제가 아니라 국가경
제가 흔들릴 수도 있는 문제라는 것은 깊이 고민하지 않아도
알 수 있는 문제다. 최근의 경제 상황을 보면 이러한 가정이

곧 현실이 될 수도 있다는 우려가 든다.

우리가 당연하게 세계 최고 제품이라고 생각하는 스마트
폰에 중국산 반도체가 들어가고 텔레비전도 중국산 제품을
사용하게 될 수도 있다. 이런 현실이 닥쳤을 때 우리 산업단
지가 어떠한 모습으로 변해 있을지는 GM이 철수한 군산을
보면 잘 알 수 있다.

단지 우리 기업과 정부가 기술개발에 대한 투자가 소홀해
서, 공정한 경쟁에 의한 결과라면 받아들일 수밖에 없을 것
이다. 그러나 불공정한 반칙으로 상대가 앞선 것이라면 이러
한 반칙에 항의하고, WTO와 같은 국제기구에 요청해서 우
리의 부당함을 보상받기 위해 노력해야 한다.

그럼에도 불구하고, 한 번 뒤쳐진 기술을 다시 따라잡는
것은 정말 어려운 일이다. 우리나라의 디스플레이 기술을 따
라잡기 위해 일본 기업들이 연합한 '재팬디스플레이'도 결국
스스로 포기한 사례가 이러한 사실을 잘 말해준다.

중국 기업은 우리 반도체와 디스플레이 기술을 따라잡기
위해 막대한 예산을 투자하고 있다. 문제는 이러한 투자에는
우리 기업의 기술을 불법적으로 탈취하는 것이 포함된다는

©아이클릭아트

것이다.

　최근 10년간 관계기관에 적발된 중국기업의 반도체와 디스플레이 기술유출 사례는 빙산의 일각에 불과하다. 경찰에 적발되지 않은 무수한 사례가 있을 것이다. 이러한 기술유출로 인해 우리의 기술은 이미 상당부분 중국으로 넘어갔고, 이러한 기술이 중국의 반도체와 디스플레이 산업발전에 상당한 기여를 했다는 것은 관련 업계 종사자들에게는 공공연한 비밀이다.

　중국 반도체와 디스플레이 산업이 집중된 지역에는 우리 반도체와 디스플레이 기업 출신 한국인 직원들이 수백 명씩 근무하고 있다.

이제 정부는 우리의 국부를 지키기 위한 현실성 있는 정책을 마련해야 한다. 단지 몇몇 기업을 위해서가 아니라 우리의 경제를 위해서 말이다. 이는 4차 산업혁명시대 국가 생존의 문제일 정도로 절박한 문제다. 나는 기본적으로 산업보안 대책에 있어서도 형벌을 통한 범죄억제, 고전주의 관점을 지지한다. 형벌부과를 위해서는 그 사전적 수단이 바로 범죄수사다.

먼저 산업기술보호수사의 최일선에 있는 경찰의 산업기술보호수사대의 인원 확대와 정예화가 필요하다.

현재 전국 70여 명의 인원이 모든 기술유출사건을 처리하고 있다. 턱없이 부족하다. 물론 올해부터 특허청 특별사법경찰관에게도 일부 기술유출사건을 수사할 수 있는 권한이 주어졌지만, 외국 기업에 의한 기술유출 사건 수사를 위해서는 경찰 수사관 등을 더욱 정예화시키고 조직을 강화해야 한다.

다음으로, 산업통상자원부, 중소벤처기업부, 특허청으로 분산된 산업기술보호업무를 상시 총괄할 수 있는 컨트롤타워를 구축해야한다. 특히 검거와 예방을 위한 정보를 교류하면서 전국을 관할 할 수 있는 실행력 있는 소위 '산업기술보호부'의 신설을 통해 국정원, 경찰청, 특허청, 산업통상자원부, 중소벤처기업청의 산업기술보호 업무를 총괄한다면 각 부처의 시너지는 극대화될 것이다. 마지막으로 기업과 연구원의 인식 변화가 필요하다.

기업은 기술을 개발한 연구원을 우대하고, 성과에 대해 적극적으로 보상해 이직을 방지해야 한다. 연구원도 산업기술을 빼돌리는 것은 기업뿐만 아니라 국가 경제와 국민에게도 피해를 주는 것이라는 인식을 공고히 해야 한다.

2) 국내 기업 간의 기술탈취 예방을 위한 제언
- 중소기업에 대한 지원강화

"거래처에서 기술 자료를 달라고 하면 거절할 수가 없습니다. 법에서는 보호한다고 하지만 실제로 거래를 포기하면서 소송할 수 있는 중소기업은 없을 겁니다." 독자적인 기술력을 보유하고 있는 중소벤처기업인들은 대기업과의 거래과정에서 기술탈취를 막아달라고 하소연 하지만 그렇지 못한게 현실이다.

미국에서 불법적인 기술탈취를 한다면 80억 달러의 수십

NO COPYRIGHT !

배에 해당하는 배상을 해야 한다. 징벌적 손해배상(Punitive Damage)이 인정되기 때문이다. 하지만 우리의 경우에는 피해를 입은 중소기업이 기술탈취를 입증하기도 어렵고, 손해배상을 위해서는 증거를 수집해야 하고 기나긴 소송과정을 거쳐야 할 뿐만 아니라 인정되는 배상액도 미비하다.

또한 만약 대기업과 소송을 한다면 대기업과의 거래를 포기해야 한다. 이러한 분위기 속에서 중소기업의 기술을 보호하는 법을 강화하는 것만으로는 한계가 분명하다.

법적 제도 강화도 중요하지만, 이는 문제의 근본적인 해결이 아니라는 점을 강조하고 싶다. 이러한 악의 고리를 끊기 위해서 지식재산권을 침해한 제품은 사용하지 않고 다른 기

업의 지식재산을 인정해 주는 기업문화가 필요하다.

특히 거래관계에서 우월적 지위에 있는 대기업부터 다른 기업의 지식재산을 침해한 제품은 납품받지 않는 원칙을 세우고, 협력사에도 이러한 원칙을 고수한다면 거래관계에서 중소기업의 기술을 빼앗기는 일들은 없어질 것이다.

이러한 문화가 정착된다면 우리나라 기술유출사건의 80%를 차지하고 있는 중소기업끼리의 기술탈취도 자연스레 해결될 것이다. 중소기업의 기술유출은 대부분 내부직원이 기술 자료를 빼돌려서 경쟁 중소기업으로 이직하거나, 동종의 중소기업을 창업하는 형태로 발생한다.

기술을 빼돌리는 이유는 상사와의 갈등을 이유로 이직하거나, 연봉을 더 받기 위해서인 경우가 대다수다.

중소기업에서 보안에 대한 투자와 관심이 증가하고 있지만, 내부사정을 잘 아는 직원이 의도적으로 기술을 가져갈 마음을 먹는다면 실질적으로 막을 수 있는 방법은 없다. 기술 자료를 모니터로 보면서 사진을 찍어 가는 것을 어떤 방법으로 차단할 수 있겠는가? 기술적, 물리적 보안솔루션을 갖춰 놓아도 기술유출을 100% 막는 것은 불가능하다.

따라서 내부직원의 의식변화가 더욱 중요하다. 2000년대까지만 하더라도 음악 파일이나 영화 동영상을 불법 다운로드 받는 것이 만연했지만, 요즘은 그렇지 않다. 단속이 강화되고 음악이나 영화를 스트리밍으로 감상하는 여건이 조성되었다.

무엇보다 지식재산권에 대한 인식 변화가 결정적이었다. 기술탈취도 마찬가지다. 기업의 지식재산을 가지고 가는 것은 남의 물건을 훔치는 것과 마찬가지로 범죄라는 인식을 갖는다면 함부로 기술유출을 하지는 않을 것이다. 인식변화를 위한 교육에 좀 더 많은 투자가 이뤄져야 한다.

외국인들이 우리나라에서 신기해하는 것이 카페 테이블에 노트북이나 스마트폰을 두고 자리를 비우는 것이라고 한다. 물론 CCTV가 잘 설치되어 있어 훔쳐 가면 바로 잡히기 때문에 그럴 수도 있지만, 이는 그만큼 우리의 성숙한 시민의식의 표출인 것이다.

정부는 중소기업 기술보호를 위해 무료 법률자문과 기술임치서비스를 비롯한 보안솔루션 구축사업을 진행하고 있다. 하지만 내부 직원들의 의식을 고양시키기 위한 교육에 대한 지원은 부족하다.

또한 2017년부터 국가공인 자격증으로 운영하며 현재 5000명이 넘게 배출된 '산업보안관리사'를 활용하지 못하고 있다. 산업보안관리사를 전문적으로 교육시켜 중소기업을 대상으로 교육을 강화해야 한다.

특히 정부의 연구개발 예산을 지원받는 중소기업은 산업

보안관리사 교육을 의무화한다면 중소기업의 기술보호를 위한 내부 인식개선에 실질적인 도움이 될 수 있을 것이다.

민간경비업체의 수준을 높이기 위해 1995년 '경비지도사' 제도를 도입해 교육을 강화했듯이, 산업보안관리사의 활용을 통해 보안인식을 향상시킨다면, 이러한 불법 기술유출도 줄어들 수 있을 것이다.

예산지원 등을 통해서 중소기업에서도 이러한 산업보안관리사를 활용할 수 있도록 해야한다.

3 젊은 보수,
  어떻게 이끌 것인가

대담 1. 김학경(성신여대 교수), 김원성 국장
대담 2. 조성환(경기대 교수), 김원성 국장

대담1 김학경(성신여대 교수), 김원성 국장

김학경(성신여대 교수, 왼쪽), 김원성 국장(오른쪽)

김학경 교수는 누구인가

경찰대학 경찰학과 교수
계명대학교 경찰행정학과 교수
미국 NBC 평창올림픽 local security coordinator
현재 성신여자대학교 융합보안학과 교수

주요저서

investigation, enforcement, and governance, Palgrave Macmillan
「비교경찰제도론」(공저),
「스웨덴 경찰의 집회 시위 관리 정책」(공저)
SSCI 및 KCI 학술논문 다수

젊은 보수 어떻게 할 것인가

김학경 교수 우리 사회에서 '배려와 헌신', '의무와 책임'이라는 가치가 점점 퇴색되고 있다. 기성세대는 물론 젊은 세대까지 '개인주의'가 빠르게 확산되고 점점 공고해지고 있다. 조국사태도 이와 무관치 않다. 이런 시기에 출마를 결심했늘데, 이같은 사회 분위기를 정치를 통해 바꿀 수 있을까?

김원성 국장 20대들은 입시, 취업의 당사자인 만큼 작금의 조국 사태에 아주 크게 분노하고 있다. 그러나 실질적으로 분노해야 할 30, 40세대의 움직임은 적은 상황이다.

50대 86세대들이 그 이전 산업화 세대의 공을 다 누리고 아직까지도 점유하고 있다. 바로 밑 3040세대는 취직도 어렵고 여러 측면에서 86세대보다 기호가 훨씬 적었다. 그럼에도 이들의 움직임이 없는 것은 보수의 가치가 실종됐기 때문이다.

진짜 보수적인 '헌신과 배려'의 가치에 입각해 불의에 상대할 3040을 세력화해야 한다.

나는 평생 개인적 이익보다 작게는 가족의 이익, 사회와 국가의 이익을 위해 헌신해 왔다고 생각한다. 그러다보니 주위에서 언변이 좋거나 가진 게 많아서 지원하기 보다는 나의 진정성이나 신념에 대해 공감하고 동조하는 이들이 많다.

좌파들은 '민주노총', '전교조' 등 이미 견고한 진지를 구축해 쉽게 흔들 수 없는 상황에 이르렀다. 이들의 부조리를 언급하는 것 자체가 상당한 용기가 필요한 그야말로 성역이 되어가고 있다. 이에 대항하기 위해서는 안중근 선생의 '견리사의 견위수명'정신으로 '헌신과 희생'이라는 보수의 숭고한 가치를 기반으로 한 자유민주주의 세력의 대통합이 절실하다.

이를 위해서는 실행력과 파급력이 상대적으로 높은 청년세대의 조직적 참여가 필요하다.

 적극적인 참여를 유도하기 위해 문화적인 즐거움과 아울러 실질적 혜택을 줄 수 있는 다양한 방안을 모색해야 한다.

김학경 교수   조국 사태를 통해 좌파들은 현 상황을 제대로 인식하고 있다고 생각하나?

김원성 국장   조국이 정말 잘못된 것을 본인들도 잘 안다. 그런데도 이들은 조국을 와이프가 구속이 되고 동생 자식들까지 망하는 상황에서 이런 걸 감수하는 헌신의 순교자로 보고 있다. 지금 같은 분위기라면 살인자도 자기들 편이라면 옹호할 수 있는 시스템을 만들고 있다.

공산주의화, 전체주의화의 저의가 드러났다고 보고 있다. 이게 진짜 민주당의 가치인지 묻고 싶다. 1920년대 카프(KAPF, 조선 프롤레타리아 예술가 동맹)계열 소설의 끝은 항상 살인 방화다. 그들은 계급혁명이라는 이념 추구을 위해서는 어떤 불법적인 수단도 가리지 않는다. 왜냐하면 그 이념이나 가치가 절대적이기 때문이다. 그만큼 민주사회에서 위협이 되는 것은 없다.

나는 12년간 공직생활을 거쳐 7년간 대기업에서 일하면서 다양한 입장에서 많은 경험을 해 봤다. 기존 우파진영 정치권에서 목소리를 내온 사람들 보다는 여러면에서 더 대중들과 공감하며 설득력 있게 다가갈 수 있다고 생각한다.

김학경 교수　　젊은 보수들을 위한 마땅한 소통 창구가 없는 상황이다. 어떻게 하면 이들과 효과적으로 소통할 수 있을까?

김원성 국장　　나는 무엇보다 젊은 세대와의 소통방식에 고민이 많다. 현재 대학생들의 술자리 게임 최고의 벌칙이 '나는 한국당 지지자다'라고 말하는 것이라고 한다.

보수라는 것은 기존의 선대들이 만든 사회질서와 이념들을 존중하면서 천천히 바꾸자는 것이다. 그런데 노무현 전 대통령이 한 간담회에서 '보수와 진보를 어떻게 생각하느냐'는 질문에 "진보는 바꾸자는 거고 보수는 바꾸지 말자는 것"이라고 말해 수구개념으로 가둬버렸다. 그러나 진정한 보수는 수구가 아닌 천천히 바꾸자는 것이다.

내가 생각하는 젊은 보수와의 소통 방식은 '폴리테이너', 즉 정치와 엔터테인먼트의 결합이다. 정치도 즐겁고 재밌어야 한다. 쉽고 재미있게 다가가야 한다. 지금 좌파가 젊은 세대에게 어필되는 이유다. 우파 진영에도 연예인들이나 여러 세대, 각계각층의 다양한 이들이 와서 편하고 즐겁게 얘기할 수 있는 분위기가 형성돼야 한다.

보수적 가치를 지난 유명인사들이 가볍게 터치하면서 얘기할 수 있는 공간들이 필요하다.

즐거운 우파, 개혁우파, 청년우파 등 이젠 우파들도 목소리를 낼 수 있는 목소리 공간을 만들어 줘야 한다. 이를 위해서는 기존 정부여당 쪽 방식과 인사들까지도 수용을 해야 한다. 그런 사람들이 반대로 우리 진영에 와서 우리 얘기들을 해주면 훨씬 확장성이 크다. 우파가 고립돼선 안 된다. 확장성을 가져야 한다. 기존의 고리타분한 방식을 탈피해야 한다.

김학경 교수　정치권에 투신하게 되면 여전히 보기 드문 경찰 출신이다. 경찰출신으로서 검경 수사권 조정, 경찰대 개혁 등의 여러 이슈에 대해 어떤 아이디어와 계획을 가지고 있는지?

김원성 국장　내가 가진 소신이나 정의감을 기회, 상황에 따라 쉽게 좌고우면하지 않을 배짱이 있다. 현재 경찰 출신 국회의원인 표창원 의원은 스스로 보수주의자라고 했었다. 그러나 주관적인 견해지만 표 의원은 자신의 소신이나 이념을 접고 민주당에 맞췄던 것 같다. 표 의원이 변창훈 검사의 투신자살 이후 검찰 내에서 '무리한 수사' '정권의 충견'이라는 비판이 나오자 "시키는 대로 했을 뿐인데 처벌하냐는 주장은 나치 전범 아이히만의 논리 그대로"라고 지적한 적이 있다. 경찰대 선배이지만 너무나 과도한 발언이라 생각한다. 나는 경찰대 총동문회 대외협력국장 사업국장을 3년째 맡고 있다. 경찰과 경찰대에 대한 진정성 있는 비판이라면 얼마든 수용할 생각이 있다.

그런데 지금 군대 문제에 대해서는 납득할 수가 없다. 올해 경찰대에 입학하는 35기부터는 군대를 병사로 가야 한다. 경찰대는 육사의 교본을 기본으로 교육한다. 육사에서 받는 군사훈련을 4년 내내 한다. 그래서 전경대 기동대 소대장으로 군복무를 해왔다. 전혀 시스템이 다른 군대를 가는 것은 비효율적인 인력 낭비다. 너무나 황당하지만 표 의원은 이에 대해 한마디도 하지 않았다.

김학경 교수　수사구조개혁에 대한 생각은?

김원성 국장　수사권은 진영이나 출신을 떠나 어떻게 하는 게 국민들에게 바람직한가를 최우선으로 조정돼야 한다.

우리 사법시스템은 너무나 기계적이다. 이를테면 사람들이 싸워서 경찰들이 조사를 하는데 어떤 사람은 4주 진단서를 내고 누구는 2주 진단서를 낸다. 그럼 경찰은 많이 다친 사람 입장에서 수사를 한다.

그러나 나는 단순이 누가 더 많이 다쳤느냐 보다는 사고를 유발 한 사람이 더 크게 처벌받아야 한다고 생각한다. 그래야 형벌이나 수사가 실질적인 효력을 지니게 된다. 그런데 현재 경찰은 수사권이 없기 때문에 더 수사가 필요하면 검찰로 넘겨야 해 사건을 더 깊이 있게 대하지 않는다.

간단한 사건 조사는 경찰이 충분히 할 수 있다고 본다. 국민 편의 중심으로 자정능력을 기르고 경찰과 검찰이 상호 견제하며 균형을 맞추도록 해야 한다.

즉 수사권 조정은 국민 편의적 관점에서 개혁이 추진 돼야 한다. 그런데 지금의 검찰개혁은 정권의 말을 잘 듣는 사법 조직을 만들려는 것으로 밖에 보이지 않는다.

국민들이 원하는 어떻게 하면 경찰이 국민들에게 공감을 사고 설득력 있게 접근하느냐 이런 부분에 대해 고민해야 한다.

또한 검찰 개혁도 필요하다고 본다. 검찰권도 견제를 해야 한다. 그러나 개혁을 주장하는 이들은 주장할만한 자격을 갖추고 있는지 스스로를 돌아봐야 한다. 자신이 먼저 정당성을 확보하고 다른 이의 변화를 촉구하고 세상을 바꿔야 한다. 조국 전 장관 같이 가족범죄 사기단이 검찰개혁을 주장하니 오히려 더 설득력이 떨어지고 퇴행하고 있다.

나는 소신을 지키고 싶다. 당리당략에 따라 달라지지 않겠다. 철저하게 국민들의 편에, 상식의 편에 설 것이다. 품격 있게, 충실하게 할 말을 하겠다. 잘못된 것들은 다시 복원해야 한다.

김학경 교수 비정규직 정규직화 등 노동 문제에 대한 생각은?

김원성 국장 민주노총 등 노조는 현 정권의 주요지지 세력이다. 현재 노동 정책은 대다수의 국민이 아닌 이들의 입장이 반영되고 있다. 노조에 속하지 않은 사각지대에 놓인 열악한 노동자들이 더 많음에도 불구하고 말이다.

공공기관 비정규직의 정규직화에 대해서는 정규직과 비정규직이라는 명칭과 고정관념부터 철폐해야 한다. 차별 없이 같은 대우를 받아야 한다. 비정규직들은 사실 똑같은 일을 하면서도 차별받고 있다. 동일임금 동일원칙으로 접근해야 한다. 현장안전 강화, 관리보다 실무, 현장직의 처우가 개선되는 방향으로 가야 한다고 본다.

무분별한 전환은 오히려 역차별 등 부작용을 촉발할 가능성이 크다.

무엇보다 노동시장의 유연성을 높여야 한다. 카지노를 예로 들면 카지노는 주말이 가장 바쁘다 보니 금요일부터 일요일 저녁이 대목이다. 이 시간대에 비정규직으로 일을 하는 분들이 많다. 이분들은 일이 많은 시간에 수당을 받고 일하고 상대적으로 일이 적은 평일에 쉰다. 그런데 정규직화하면 일이 없어도 매일 출근해야 한다. 이는 비효율적이다. 때문에 돈을 많이 줘도 안하려 한다. 오히려 인력운용이 힘들다. 그런데 정부는 기존에 300명으로 운용되는 것을 정규직화를 이유로 500명, 600명으로 늘린다는 것이다. 국가적으로 공공기관 방만 경영을 지적하고 세금 낭비를 막아야 하는데 거꾸로 가고 있는 것이다.

또한 모 골프장 캐디 설문조사 결과 비정규직 선호도가 80% 이상이었다. 그들도 정규직의 고용 경직성과 근태 등에 부담을 느낀다는 것이다. 노동현장은 여러 가지 상황이나 수요와 공급에 철저히 시장경제 논리에 따라야 하는 것이지 국가가 일률적으로 정규직화 할 문제가 아니다.

경찰서에 재직할 당시 청소를 해주시는 분들은 경찰서가 선정한 용역업체와 일 년 단위로 계약을 했다. 한 번은 아주머니와 대화할 기회가 있어서 얘기를 들어보니 매년 고용연장 여부를 걱정해야 하고 퇴직금도 받지 못한다는 사실을 알게 됐다. 같은 업체가 계속 경찰서와 계약을 하고 있고, 그 업체와 계약한 아주머니도 실제로는 5~6년 동안 일을 했는데도 말이다. 그래서 경찰서 경무계장을 찾아가 어떻게 법을 집행하는 기관에서 편법을 쓰냐고 따졌다. 아주머니가 너무 고마워했다. 이게 발단이 돼서 다른 경찰서에서도 시스템이 바뀌고 있다. 정규직화를 일률적으로 시행하기보다는 이런 편법을 바로잡는 방향으로 가야한다.

현장의 상황, 시장의 상황을 고려해 능동적이고 효율적으로 이뤄져야 한다. 어떤 방법이 사용자와 근로자들을 동시에 만족시킬 수 있는지 고민해야 한다.

김학경 교수 '50년 무노조' 삼성전자에 한국노총 산하 노조가 설립된다고 한다. 이에 대한 생각은?

김원성 국장 삼성이 무노조 경영이라고 비판을 받지만, 사실은 그게 바로 삼성 발전의 원동력이었다. 불필요한 투쟁 없이 경쟁력 향상에 몰두할 수 있는 환경을 조성했기 때문이다.

노조를 만드는 이유는 사용자들의 부당한 억압이나 처우를 견제하기 위해서다. 즉 노조가 권익보호를 위한 것이라면 권익보호를 잘하는 회사는 노조가 반드시 필요하지 않을 수 있다. 노동법은 노동자의 권익을 보호하기 위해 만든 것이지 노조를 만들라고 만든 게 아니다.

삼성만큼 직원 처우가 좋은 회사가 없다. 노조가 없어도 매년 청년들이 가고 싶어 하는 회사를 조사하면 1등을 차지한다.

노조가 없다는 이유만으로 노동법 위반이라고 기업을 공격하는 것은 형식주의적인 발상이며 기업 활동을 위축시킬 뿐이다. 정부와 기업이 노동법 입법 취지를 바르게 이해해 맹목적인 노조설립보다 처우개선을 통한 기업 활동 활성화를 추구해야 한다.

김학경 교수　　현 정부의 소득주도 성장, 최저임금 인상, 주 52시간 정책에 대한 생각은?

김원성 국장　　소득주도성장은 최저임금 인상을 통해 가계소득을 올리고, 주52시간 근무제 도입으로 돈 쓸 시간이 늘어 소비가 촉진되고 그러다보면 시장이 활성화되고 기업이 잘되고, 임금도 오르고, 고용도 늘어난다는 논리다.

결과적으로 틀린 소리다. 미국과 중국 같은 국내 거대시장이 있는 국가라면 가능할지 모르겠지만 우린 수출과 무역으로 먹고 사는 나라다. 기업이 임금을 많이 주고 최저임금으로 부담을 느끼면 당연히 수출경쟁력이 떨어지고 사정이 어려워지면 고용이 악화된다. 지금 같은 방식이 확대된다면 민간의 경쟁력 저하와 비효율로 기업들이 해외로 공장을 옮기는 추세만 가속화될 것이다.

정책을 만드는 사람들 중 현실기업 출신이 없다. 좋은 말을 하는 것은 쉽다. 그런데 현실은 어떤가. 당장 기업들이 어려워지고 그 결과 경제 성장률 2%가 안 되는 상황이 됐다.

대담 2 조성환(경기대 교수), 김원성 국장

한국민주주의에 대한 조성환 교수와 김원성 국장의 담론

조성환 교수는 누구인가

서울대학교 외교학과 대학원 졸업,
프랑스 사회과학고등연구원 정치학 박사
세종연구소 연구위원
경기대학교 정치전문대학원 원장 역임
현재 경기대학교 정치전문대학원 교수

주요저서
「주한미군의 재조정과 21세기 동북아 군사안보질서」,
「동북아공동체를 향하여: 아시아 지역통합의 꿈과 현실」,
「국제화와 세계화」,「한국 자유민주주의와 그 적들」(공저),
「정치학적 대화」(공저) 등

한국정치와 민주주의에 대한 정치학적 성찰

주제: 한국정치와 대표성의 위기, 정치의 복원이 시급하다

김원성 국장　박근혜 탄핵 국면에서 조국 사태로의 역전은 누구도 예상치 못한 급변인 듯합니다. 그만큼 국민의 당혹과 분노, 실망이 컸습니다. 박근혜 정부의 실패의 반작용으로 출범한 문재인 정부가 왜 이같은 위기에 직면했다고 보시는지요?

조성환 교수　평소에 마음에 새기고 있는 성어가 '역경(易經)'의 '물극반전(物極反轉)'입니다. "사물의 흐름이 극단에 달하면 반전하게 된다"는 내용이지요.

우리는 약 150년 전 시작한 서세동점 시대의 가혹한 좌절의 역사 속에서도 희망을 잃지 않고 버티면서 20세기 중반 이후 자유민주주의적 건국, 20~30년 만에 농업 사회를 산업사회로 바꾼 산업화시기를 거쳐, 6·29라는 절묘한 타협으로 민주화를 이뤄 세계 핵심국가에 진입해 있습니다.

그러나 우리에게 오늘 이 현재가 만족스럽기는커녕 하루가 멀다않게 불거져 나오는 '위기적 사건'과 대내외적 도전으로 여전히 불안감이 가시지 않고 도처에 불만거리가 쌓여있습니다. 이 불안감과 불만감은 지식인에게 필수적인 나라와 역사에 대한 '우환(憂患)의식' 때문만은 아닐 것입니다. 나라를 책임진 정치인이 국가의 장래를 걱정하는 것보다, 보통 사람들이 정치와 정치인, 그리고 나라를 더 걱정하고 불안해하는 상황입니다.

김원성 국장   말씀대로 조국 사태는 말과 구호가 아닌 행동과 결과로서 심판받아야 한다는 정치의 본질을 정확히 드러내준 것 같습니다. 양극단의 파당적 진영 논리를 제외한다면, 공정·정의·공공성·법치·평등의 가치는 이제 확고한 사회 공준으로 자리 잡은 게 분명해 보입니다.

조성환 교수   한국 사회의 비정상성에 대해서는 정치인과 지식인뿐만 아니라 일반 국민들도 거의 모두 절감하고 있지만 "무엇이 정상인가"에 대한 인식은 대통령으로부터 일반 국민에 이르기까지 모두 제각각으로 보입니다. 문제성에 대한 인식은 공유하지만, 이 문제의 소재, 원인과 처방에 대한 입장은 천차만별입니다. 이왕 대통령이 이 문제를 제기했다면 대통령과 정치권이 우리 사회의 비정상성의 내용과 정상화의 방향과 해결 방안을 내 놓아야 하는데, 그렇지 못하고 있는 게 문제입니다.

여기에다가 대통령과 국회의원이 국민적 신뢰를 잃었고, 정부의 행정 기능도 선례주의와 규제에 묶여 한 발짝도 앞으로 나아가지 못하고 있습니다. 사법부는 일부 법관의 튀는 판결과 언동, 그리고 윤리적으로 일탈된 행동으로 권위가 손상돼 가고 있습니다. 아울러 우리 사회는 국가의 건국과 발전에 대한 '사관(史觀) 전쟁', '체제에 대한 이념적 공방', '통일론의 대립', 그리고 주요 다스림 기관의 제도적 실패로 참 어려운 지경에 처해 있습니다.

우리가 최근 당면한 가장 심각한 정치적 혼돈은 '대표제'의 문제일 것입니다. 자유민주주의가 대의제를 축으로 작동해 온 것은 자명한 일입니다. 그리고 대의제의 중심은 의회이고, 이를 토대로 입법에 따른 집행권, 즉 다스림의 정당성과 효율성이 결정된다는 것입니다.

김원성 국장 교수님, 현재 우리나라의 의회 민주주의에 대해 어떻게 생각하십니까?

조성환 교수 이미 대한민국은 민주적 이행을 넘어 공고화 단계로, 민주주의의 본산인 프랑스, 미국보다도 높은 세계 20위의 민주화도를 시현(示顯)하고 있습니다. 그러나 국회의 역할과 기능은 초라하기 짝이 없습니다. 2014년의 국회는 '세월호 특별법' 논란 속에 4개월 이상 법안을 한 건도 처리 못한 '식물 국회', 즉 '입법 정지'를 경험했습니다. 국민들은 4개월 간 '정치 파업'을 겪은 것입니다.

김원성 국장　최근의 조국 사태, 공수처, 패스트트랙 등으로 인한 정치권의 대립으로 두 달 이상 동안 국회가 마비된 것도 마찬가지입니다. 시간이 지나도 달라지지 않고 있는 것 같습니다.

조성환 교수　이 웃지 못 할 위기를 국회 스스로가 자초했다는 것이 더욱 큰 문제입니다. 18대 국회 말에 만든 '국회선진화법'은 헌법이 정한 민주주의의 기본 원칙인 '다수결주의'를 위배했습니다. 법률이 헌법을 위배한 것이지요. 그것도 입법부가. 이는 야당에 입법거부권(veto power)를 보장한 것에 다름 아닙니다. 대한민국 국회는 스스로 입법기능을 '실제적으로' 정지시킬 수 있는 법을 만드는 '자가당착(自家撞着)'에 빠진 것입니다. 이것은 당연히 대표성의 위기라고 볼 수 있습니다.

지금 대한민국의 의회 정치는 야당에 대한 아무런 설득과 타협능력도 없는 무능한 여당, 그리고 야당의 원내 거부권과 일상화된 '장외투쟁'으로 국민의 대표가 아니라 국민의 골칫거리로 전락하고 있습니다. 주권을 위임한 주인의 바람은 아랑곳 않는 그들만의 정치가 돼버린 것입니다. 한국의 국회는 야심가의 벼락출세의 전당, 5년 마다 대통령을 만들기 위한 정치적 가설무대, 이데올로기의 선전장으로 전락해 버린 듯합니다.

김원성 국장 국회 뿐 아니라 현행 대통령제의 문제도 간과할 수 없는 것 같습니다.

조성환 교수 맞습니다. 국회가 '정치실패'의 샌드백이 됐지만 대표성의 위기와 관련해 대통령의 문제도 보통이 아닙니다. 민주화 이후 대한민국의 역대 대통령들의 '다스림'은 성공적이었다고 평가할 수 없습니다. 정도의 차이는 있지만, 예외 없이 독주해 일방적으로 권력을 행사하면서 오히려 한국 사회에 많은 부담을 안겨 주었고, 퇴임 후에는 개인적으로 불행한 일까지 일어나곤 했습니다.

1987년 민주적으로 개정된 헌법은 임기 5년의 단임 조항을 제외하고는 여전히 대통령에게 막강한 권한을 부여한 '강력한 대통령제'입니다. 한국의 대통령은 외교와 국방의 전권을 가지며, 경제사회 정책의 형성과 집행, 국가 예산의 수립과 집행을 포함해 국내외 정책을 총괄하는 최고 행정수반입니다. 6공화국 헌법은 그 이전의 헌법에 비교해 의회의 자율성을 제고했고, 헌법재판소의 설치 등으로 사법부의 독립성을 높였습니다.

김원성 국장　그러나 민주화 후에도 한국의 대통령은 그 이전의 대통령들과 큰 차이 없이 우월적이고 일방적인 권한을 행사해나갔을 뿐만 아니라 현대의 행정국가화의 가속으로 강력한 대통령을 넘어선 '제왕적 대통령'의 문제가 빈발했습니다.

조성환 교수　맞습니다. 인치(人治)에 의존하는 대통령의 인격적 리더십으로 권력의 사유화가 크게 문제됐지만, 제도적 차원의 '다스림'은 허약하기 짝이 없었습니다. 국회와 정당에 대한 대통령의 영향력은 하락해왔습니다.

헌법정치의 최후보루인 사법기관의 위엄도 흔들리고 있습니다. 물론, 행정부와 관료는 그들의 표현대로, "영혼 없이 권력의 눈치 보기에만 급급하고", 공직을 사권(私權)화시켜 은밀하게 사익을 챙기는 부패기관으로 비난받기도 합니다. 대통령이 국가의 '좋은 다스림'을 주도하지 못해 대한민국은 주요 통치 및 행정기관의 헌법적 기능에 문제가 생긴 듯해 큰 걱정입니다.

대한민국이 혹 '다스림 불능'에 빠지지나 않을까 하는 걱정, 이것이 대통령의 '다스림 능력(기술)'에 기인하는지, 아니면 이미 대한민국의 국가체제 자체가 고장 난 것인지를 살펴볼 필요가 있습니다.

김원성 국장　이처럼 국내정치가 불안정한 가운데 북한문제, 일본과의 갈등, 미국과의 방위비분담 등 외교문제, 경제성장률 저하 등 대내외적으로 어려움이 큰 상황입니다. 이렇게 된 근본적인 이유가 무엇이라고 보시는지요?

조성환 교수　한국 사회는 지금 구조적인 위기에 직면하고 있는 듯합니다. 체제(regime)의 위기, 안보의 위기, 그리고 경제의 위기라는 3중의 위기에 직면해 있다고 할 수 있는 것입니다. 체제위기란 다름 아닌 자유민주주의(liberal democracy)에 대한 혼돈입니다. 다음은 북핵 문제 이후 한국이 당면한 안보의 위기입니다. 체제, 안보에다가 한국은 1998년 환란, 2008년 글로벌 금융위기를 거친 후 성장의 둔화, 복지요구의 폭증, 인구구성의 급속한 악화를 포함한 중대한 경제적 무력증에 빠져있습니다.

김원성 국장　이 중에서도 체제 , 즉 자유민주주의라는 체제성에 대한 이념적 갈등은 심각한 듯합니다.

조성환 교수　한 때 우리사회는 민주화만 되면 만사가 해결될 것이란 낙관론이 팽배했었습니다. 그러나 나라가 민주화되지 무려 사반세기가 지났건만 문제는 더 어렵게 꼬이고 있는 듯합니다. 민주사회의 도래와 더불어 우리 사회는 은연중에 민주주의의 수평적 차원, 즉 '평등의 요구'에 지나치게 매

달리고 있습니다. 수직적 차원에서 보면, 민주주의는 정당하고 효율적인 국가운영의 정치적 제도, 즉 통치제도인데, 요즘 우리 사회에는 평등과 권리의 주장만 분출하고 있지, 책임 있는 통치를 통한 국민의 안전과 복지증진, 국가의 융성이라는 정치의 궁극적 목적과 본질에 대해서는 관심이 끊긴 지 오래인 듯합니다.

김원성 국장　우리 사회에서 '통치'라고 하는 단어에 대해서는 과거 권위주의 정치 경험 때문인지 상당한 저항감이 있는 게 사실입니다.

조성환 교수　이 단어는 지배와 복종이라는 수직적 권력관계의 뉘앙스가 있지만, 민주사회라고 해서 통치의 중요성이 반감되는 것은 결코 아니라고 생각됩니다. 평등적 민주사회라도 국가의 운영과 관련된 주요한 정치적 결정은 소수의 정치 엘리트에게 위임돼 있습니다. 즉, 통치는 정치의 본질적 현상입니다. 한국에서의 자유민주주의 체제에 대한 혼돈과 위기는 평등을 축으로 하는 수평적 차원의 민주주의에 대한 과잉된 주장에서도 기인하지만, 통치라는 수직적 차원의 정치적 본질에 대한 잘못된 관념이나 능력미달에 의해 가중되기도 하는 것 같습니다.

한국의 좌파, 어디서 왔나

김원성 국장　박정희 전 대통령의 애국심과 시대를 관통하는 혜안 덕분에 유사 이래 한반도 남쪽이 가장 번영한 시절을 누리고 있는 것은 자명한 사실입니다. 통치자의 통찰력과 애국심, 그리고 국민의 저력을 하나로 모을 수 있는 리더십만이 대한민국의 미래 번영도 보장할 수 있습니다. 통치자가 자신의 생각에 사로잡혀 변명을 일삼고, 국민적 아우성에 귀를 닫는다면 그 끝은 역사적 탄핵이라고 생각합니다. 전체주의적 좌파 기득권이 체질적으로 맞지 않는 우리 세대가 이제 시대의 주력으로 자리매김해야 한다고 생각합니다. 그래야만 아포리아 시대를 마감하고 미래 번영의 시대로 나아갈 수 있다고 봅니다. 그런데 한국 좌파는 어디서, 어떻게 시작된 것일까요?

조성환 교수　20세기는 지식인과 혁명, 그리고 이데올로기의 시대였다고 해도 과언이 아닐 것입니다. 1898년 파리 유태인 대위, 드레퓌스의 수감에 대한 에밀 졸라의 청원과 함께 수많은 지식인들이 결집했습니다. 교수와 학위소지자, 문학가와 예술인들이 '국가'와 관련된 일에 저항과 비판의 행동을 하기 시작하면서 현대적 '지식인'이 탄생했습니다. 드레퓌스 사건 이후 지식인은 사회적 지위나 직업으로 정의되는 것이 아니라 '정치적 참여자' 즉 비판자를 이르는 것입니다.

비슷한 시기에 러시아에는 소위 인텔리겐차(intelligentsia)가 계몽적 브나르도 운동과 함께 '짜르독재'에 도전했습니다. 프랑스를 위시한 유럽에서는 소위 좌익(左翼)이 시대를 주도했고, 러시아 인텔리겐차는 1917년 볼세비키 혁명에 성공해 권력의 지위를 획득했습니다. 우리 사회의 급진적 이념 영향은 무엇보다 러시아 혁명 이후 등장한 소련이었다고 하지 않을 수 없습니다.

김원성 국장　19세기 말 우리는 자주적인 근대화에 실패, 일제의 식민 지배를 받게 됐습니다. 일제시대에는 민족의식이 있는 많은 사람들이 독립운동을 하게 됐는데, 이것도 소련의 영향을 받았다고 할 수 있을까요?

조성환 교수　그렇습니다. 왜냐하면 소련이 제국주의에 저항해 식민지 해방을 부르짖었기 때문입니다. 반면 당시 영국, 프랑스 등 자본주의 국가들은 제국주의정책을 추진했습니다. 따라서 지식인들에게 자본주의는 당연히 근대화의 자연스런 모델이 되기 힘들었습니다.

반면 반제국주의의 기치를 높이 든 신생 소련은 민족독립과 근대화의 새로운 희망의 메시지로 작용했다고 할 수 있을 것입니다.

물론 해방정국은 새로운 국가건설을 위한 국내적 차원의 이념대립을 넘어서, 미소경쟁이라는 국제적 차원의 체제경쟁에 따른 외부적 힘이 작용해 극단적인 이념투쟁이 일어났습니다. 이 해방정국의 이념갈등은 6·25전쟁과 함께 상당한 기간 동안 수면 아래로 가라앉게 됐습니다.

그 후 '반공주의'가 독재 권력의 통치명분으로 작용하는 등 현실적으로 숱한 문제를 안고 있던 것은 사실이었지만 각종 저항운동이 자유민주주의 자체에 대해서는 의문을 제기하지 않았습니다.

김원성 국장 6·25를 직접 겪은 세대와 그 직후 세대 속에서는 해방 이후 북한에서의 공산통치 체험 그리고 전쟁의 체험을 토대로 반공에 대해서는 상당히 강력한 합의가 형성돼 있었던 것 같습니다.

조성환 교수 다만 극소수의 지식인층에서는 여전히 '다른 대안'을 끊임없이 추구했던 흐름이 있었던 것도 사실입니다. 그러던 것이 80년 '광주사태(광주민주화 운동)'이후 이른바 사회과학이라는 이름으로 마르크스·레닌주의, 모택동 사상을 부활시키고 심지어 주체사상까지 흡수한 '변혁론' 즉 '혁명주의'가 민주화 과정에 편승하게 됐습니다. 그러다 20세기 말 공산권 몰락으로 이러한 급진적 이념은 그 생명을 다하는가 싶었습니다만, 외환위기를 겪고 신자유주의적 성향이 강화되면서 다시 동력을 되찾고 오히려 강화된 것이 작금의 사정이 아닌가 싶습니다.

급진적 좌파 이념이 득세하게 된 외부적 영향, 특히 일제하 공산주의 아래의 공산주의 전략·전술적 침투에 대해서는 잘 알려진 사실입니다. 다만 이러한 좌파의 사고체계라 할까, 문화적 특성이 어떤 것이기에 그렇게 쉽게 확산되고 또 커다란 영향을 미칠 수 있었던 것인지 면밀하게 살펴볼 필요가 있을 것입니다. 특히 좌파의 사유특성과 우리 사회의 사고방식은 어떤 측면에서는 상당히 통하는 점이 있는 것이 아닌가 생각됩니다.

북한에 대한 허위의식, 종북 운동권의 근원

김원성 국장　94년도에 대학에 입학했는데 학생회를 주도했던 NL계 선배들이 "통일이 몇 년 뒤 이뤄진다. 공부가 중요한 게 아니라 역사의 주체세력으로서 내부 역량 결집과 사회변혁이 필요하다"며 운동권 참여를 권유 했습니다. 설득력이 떨어지는 얘기에 공감하지 못했습니다. 몇 년 뒤 통일이 이뤄지지도 않았습니다. 현재 86세대들에게 익숙한 이러한 논리들이 X세대라 불리웠던 90년대 학번들에게는 황당무계하게 다가왔으나 '전체주의로 느껴질 만큼 선배들의 집요하면서도 탁월한 선전·선동 연대 방식이 80년대 학번들에게는 시대를 관통하는 주류적 가치였던 것 같습니다. 그리고 지금 주류 정치권까지 이어진 것으로 보입니다.

조성환 교수　　최근 우리 사회의 이념적 갈등에는 북한의 공작이 작용하였으리라는 것은 쉽게 짐작이 가는 일이고, 특히 몇 해 전 헌재의 통진당 해산 결정 과정에서 일부 그 정황증거와 방증 자료들이 명백하게 드러나기도 했습니다. 그러나 낡은 공산주의 이론의 맹점과 공산사회의 현실이 낱낱이 밝혀졌음에도 불구하고 어떻게 북한의 공작과 선전이 그토록 쉽게 먹혀들어갈 수 있는지는 참으로 놀라운 일이 아닐 수 없습니다. 도대체 저들의 개념과 논리가 무엇이기에 그토록 남한 사회의 지식인을 포함한 많은 사람들을 사로잡을 수 있는지 연구할 필요가 있어 보입니다.

북한은 처음부터 소련의 계획과 지령에 의해 만들어진 정권이었습니다. 그러나 이른바 중·소 분쟁으로 줄다리기를 하지 않을 수 없는 상황 속에서 점차 '주체'를 내세우기 시작했습니다. 내부적으로는 김일성을 반대하는 세력에 대한 무자비한 숙청을 하는 가운데 점차 유일사상 체제를 구축하기 시작했습니다. 그리하여 '주체사상'이라는 명분을 내세운 새로운 수령체제가 형성됐고, 그것이 김정일에 이어 김정은까지 3대 세습으로 이어졌습니다. 문제는 그것이 엄청난 비효율성을 갖는 고립성, 패쇄성을 안고 있는 전체주의적 성격의 것이라는 점입니다.

김원성 국장   이러한 상황에서 국제적 차원의 공산주의가 붕괴되자 북한은 더욱 고립돼 명맥조차 잇기 힘들게 됐습니다. 따라서 남한을 탈출구로 삼을 수밖에 없었고, 이에 기존의 대남공작에 더욱 박차를 가하게 된 것 같습니다.

조성환 교수   마침 한국이 민주화되는 과정에서 이른바 진보적 사상과 이를 추구하는 그룹들이 폭넓게 자리 잡을 수 있는 합법적 공간이 크게 확대됐습니다. 특히 대학생들은 '주체사상'을 자신의 사상으로 전면 앞세우는가 하면, 저들의 대표를 '새끼 수령'으로 떠받드는 식의 사태가 나타나기도 했습니다.

북한은 이런 분위기를 최대한 활용, 광범위하게 조직을 구축하고 직간접적으로 영향을 미치기 시작했습니다. 저들이 보낸 잠수함을 타고 북한에 가서 직접 김일성을 만나고, 지령과 자금을 받고 온 사건까지 있었다는 것은 잘 알려진 일이지요. 그 외에도 합법, 반(半)합법적인 공작과 이로 인해 여러 가지 이른바 '조작 사건'들이 그치지 않고 나타나게 됐던 것입니다.

김원성 국장　북한의 통일전선 전술의 중심 개념은 다름 아니라 바로 '민족'이었습니다. 이 낭만적인 단어가 어떻게 지금까지도 조작과 선동에 쓰이게 됐을까요?

조성환 교수　공산권이 멸망한 뒤에는 오로지 살아남기 위해 '민족'이라는 것을 전면적으로 들고 나오면서 남한에 호소하는 소위 선전선동 활동을 해오고 있는 것입니다. 노동자, 농민 뿐 아니라 "민족의식을 가진 사람을 전부 다 단결하라"는 식으로 말이지요.

이를 토대로 저들이 남한 사회를 파고드는 논리와 이론구조는 주체사상에 입각한 '자주성'이 핵심입니다. 구체적으로는 대외적, 군사적, 경제적, 정서적 차원에서의 자주성을 강조하면서 남한의 이른바 '식민성'을 강조합니다. 민족과 자주의 슬로건에는 바로 외세와 반미가 대칭되는 것입니다.

김원성 국장　그런데 많은 사람들이 그러한 논리가 우리 사회의 자연스러운 문제제기의 일환이라고 간주하고 있는 것 같습니다. 우리 사회에 널리 인식되고 있는 진보에 대해서 어떻게 생각하시는지요.

조성환 교수　지식인 사회에서는 민주와 진보의 이름으로 이런 현상을 널리 용인하자는 입장이 팽배해져 있는 실정입니다. 이러한 것들이 민주화 요구와 체제전복, 그것도 북한과의 직간접적 연관 속에서 전개된다는 엄연한 '사실'을 직시하지 않으려고 하는 것이지요.

그것은 북한의 공작이 아니며, 설령 그것이 공작과 관련이 있다고 하더라도 우리와 직접적 관련성은 없거나 혹은 무시할 수 있다는 논리입니다. 바로 이러한 문제가 오늘날까지 이어지고 있는 최근 우리가 본 종북, 친북세력들이 우리 사회에, 특히 정치권에 자연스럽게 뿌리를 내리는 배경이 된 것으로 보지 않을 수 없습니다. 진보라는 이름으로.

자유민주주의와 보수, 다른 대안이 없다

김원성 국장   요즘 젊은 층은 자유민주주의를 외치는 이들을 '꼰대, 수구'의 이미지로 바라보는 것 같습니다. 그러면서 막연하게 '진보'를 추종하는 듯한 경향도 보입니다. 왜 이런 현상이 만연하게 된 것일까요?

조성환 교수   대한민국의 자유민주주의에 대한 논쟁은 역설적이게도 민주화 이행 이후 본격화 됐습니다. 최근 들어 이 논쟁은 심각한 정치적, 헌정적 갈등으로 비화됐습니다. 1987년 이전까지 민주화 운동은 자유권적 저항권의 확보, 그야말로 자유민주주의의 획득에 있었습니다. 그러나 '자유화'와

불면의 시대 / 246

더불어 한국 사회는 민주주의에 대한 각종 사조가 봇물처럼 터져 나왔고, 이것에 편승해 '진보'를 가장한 친북, 나아가 종북세력이 자유민주주의를 '철지난 보수이념'으로 몰아붙이고 있습니다. 한 마디로 '시대착오적인 체제논쟁'이지요.

여야에서 싸웠던 정치인들은 현재까지 무언가 정치를 하기 위해서는 명분을 만들어야 되고, 명분을 만들기 위해서는 적(敵)을 만들어야 했습니다. 무엇이든지, 무엇에 대항하고 무얼 때리고 하는 적을 만들어야 하는데 적이 없는 경우에는 적을 억지로 만들어내기까지 했습니다. 공산주의나 사회주의는 이미 실험이 끝났습니다. 우리에게 남은 것은 자유민주주의입니다.

김원성 국장 북한 인권 문제에 대해서는 어떻게 생각하십니까?

조성환 교수 헌법재판소에서 통합진보당에 대해 위헌정당 판결을 내렸고, 유엔과 국제사회에서 '북한인권' 문제에 대해 본격적으로 압력을 넣기 시작했습니다.

물론, 대한민국 국회는 수년 전에 상정한 '북한인권법'을 아직도 묵혀 놓고 있을 정도이고, 보수 언론들조차 종북세력까지 포함한 소위 좌파 운동권을 '진보'로 명명하고 있는 상황입니다. 이념적 규정이 완전히 전도(顚倒)돼 버린 것입니다. 북한의 폭압정권을 포용하거나, 나아가 이에 굴종하는 것이 '진보'로, 동포(민족)의 인권해방과 북한민주화를 주장하는 것이 '보수'로 분류되는 기이한 현상이 발생해버렸습니다. 어떻게 대북관계에서 자유민주주의가 보수입니까? 적어도 북에 대해서는 혁명적인 이데올로기의 성격을 갖습니다. 그런데도 그것을 방어하기 위해 적극적으로 나서는 힘은 우리 사회가 아직까지 너무 부족합니다.

김원성 국장　이같은 현상이 왜 발생하고 지속되고 있는 걸까요? 쉽게 정상화 될 수 있을 것 같지가 않다는 것이 더 걱정입니다. 대한민국은 '시대착오'와 현실이 구분되지 않는 나라인가 하는 생각이 스쳐 지나갑니다.

조성환 교수　문제는 소위 종북파만이 아닙니다. 여전히 우리 사회에는 민주주의에 대한 관념과 해석의 근본적 차이가 존재하고 있습니다. 절차적 민주주의와 실질적 민주주의, 자유민주주의와 사회민주주의, 심의민주주의, 참여민주주의 등등 각종의 민주주의가 형용(形容)되고 있습니다. 대한민국의 '민주주의'는 그 자체가 하나의 용광로 같이 취급되고 있습니다. 그 안에는 이미 역사의 무덤에 묻힌 공산주의(현존 사회주의)가 (인민)민주주의의 이름으로 자리를 차지하고 있습니다.

2011년 중·고교 교과서 집필기준과 관련해 '자유민주주의'냐, 아니면 '민주주의'냐를 놓고 격한 싸움을 벌인 것도 바로 이런 이유가 아닌가 싶습니다. 대한민국의 민주주의론은 자유민주주의를 보수로 몰아넣고 다양한 방식으로 형용된 민주주의를 진보로 내세우면서 인민민주주의도 그 속에 한자리를 차지하는 형국이 됐습니다.

김원성 국장 자유·대의제 민주주의가 그 자체로 완벽한 체제일까요?

조성환 교수 그렇지 않다는 것이 이미 그 진화의 역사에서 증명되고 있는 것 같습니다.

그 중에서도 가장 이상적인 헌법체제를 가졌다는 바이마르 독일이 '선거민주주의'에 의해 히틀러라는 인류 초유의 독재자를 낳은 것이 대표적 사례일 것입니다.

비유컨대, 20세기의 천사가 인류사 최고의 악마를 낳아 버렸습니다. 히틀러 현상에 대한 다양한 해석들이 있습니다. 예컨대, 히틀러 개인의 정치심리학적 특이성, 패전국 독일에 대한 프랑스 등 연합국의 대(對) 독일 배상금 정책에 의한 독일경제의 파탄과 독일 국민의 집단적 좌절 등 국제정치경제적 분석, 나폴레옹 전쟁 이후에 생겨난 낭만적, 집단적 독일 민족주의의 문제 등등은 비교적 많이 알려져 있습니다. 그러

나 바이마르 헌정체제의 내재적 실패에 주목하는 경우는 드
뭅니다.

1930년대의 연합국의 과도한 제재는 독일인들의 반감과 현
실적인 고통을 불러일으켰고, 반유태, 반공산혁명을 내세우
면서 '전쟁에의 집단 의지', '독일인의 인종적 숭고함'을 선
동한 히틀러의 집권을 초래했습니다. 히틀러는 선거로 집권
했지만 독일노동당(후일 나치스당)의 총통과 독일연방 총리가
돼 2차 세계대전을 일으켰고, 유태인 대학살까지 감행해 역
사의 평지풍파를 일으켰습니다. '악마'도 자유선거라는 선한
제도를 통해 집권할 수 있다는 선례를 남긴 것입니다. 물론
대전 이후 독일연방헌법은 이 취약성을 보완하는 여러 조항
을 만들었지만 자유민주주의에는 여전히 취약성이 존재하는
것 같습니다.

김원성 국장 '군주론'을 쓴 마키아벨리(N. Machiavelli)의 "지도
자는 인민으로부터 멸시 당하는 것을 가장 경계해야 한다"는 말
이 떠오릅니다. 다수 국민의 정치와 정치인에 대한 냉소와 경멸이
축적돼 정도를 지나치면 정치공동체에 어떤 극단적인 일이 일어
날지 모른다는 점을 경고한 것으로 알고 있습니다. 인민의 무능한
지도자에 대한 실망으로 인한 냉소주의와 반대되는 그 무엇을 갈
망하도록 만든다는 내용입니다.

우리 사회는 특히 외환위기를 겪고 난 이후, 세계화와 더불어 심화된 경제적 양극화와 세계금융위기 이후의 불황 등 사회경제적 여건의 악화, 그리고 민주화 이후 대통령을 포함한 한국정치의 파행성과 이념적 분열 등이 전개되면서 박정희, 전두환 등 소위 강력한 대통령 시기의 일원적이고 강한 통치에 대한 향수가 무시하지 못할 정도로 일어나고 있는 듯 합니다.

특히 '세월호 사태', '촛불정국', '조국 사태' 등과 이에 대한 국가의 미숙한 대응 그리고 '정치권의 무능'으로 국민의 정치 불신과 정치인에 대한 멸시가 증폭되고 있습니다. 국민의 이 '공허함'과 '불신, 불안감'이 어떻게 해소될까 걱정이 되기도 합니다. 북한의 핵모험주의, 세습폭압정권의 불안정, 중국의 시진핑, 미국의 트럼프, 일본 아베 정부의 극우화 등등 대외적인 요소까지 겹쳐 이 감정들이 극단적으로 흐르지 않을까 우려됩니다.

좌파 전체주의적 논리가 아닌 자유민주주의의 가치를 설득력 있게 전파하기 위한 방안은 무엇일까요?

조성환 교수　이러한 정치사회학적 현실을 감안할 때 한국의 자유민주주의의 개선과 더불어 국가의 안정과 발전이 추구돼야 할 것입니다. 자유민주주의의 진보성을 바탕으로, 이 체제의 내재적 취약성을 개선해나가고, '민주주의'의 여러 가지 불만 요인을 가려내 치유해나가는 것이 우리 시대의 과제가 아닌가 생각합니다.

이 과제들 중 특히 기왕의 국가주의에 의해 압도되고 민주세력에 의해 버려진 '고전적 자유주의'의 재활성화, 그리고 선거민주주의에 의해 위축되고 기형화된 헌정과 대의제의 정상화, 선거제도와 정당제의 개선, 그리고 시민성의 함양과 시민사회의 자율성 제고 등등 시급을 요하는 것이 한두 가지가 아닙니다.

김원성 국장   현재 한국 정치는 기성세대의 전유물이 됐습니다. 20대 국회선거 당시 국민평균 연령은 40.8세 였는데 의원은 55세 였습니다. 우리나라는 45세 미만 청년의원 비율이 6.33%로 국제의회연맹 조사대상 150개국 중 143위를 기록하고 있습니다. 아래 7개국 중6개국은 아예 45세 미만 정치인이 없어 우리도 꼴지 수준이라고 보면 됩니다. 반면 2,3,40대 유권자는 전체의 53.7%입니다. 그런데 해당 연령대인 의원은 17.7%입니다. 그마저 30대 3명, 40대는 50명, 그중 3분의 2이상이 45세 이상입니다.

청년 대표성이 현저히 떨어질 수밖에 없다. 미래를 대비할 수 없는 국회인 것이지요.

조성환 교수   물론 나이가 많아졌다고 문제는 아닙니다. 그러나 20~40세대는 주거, 일자리, 노동, 결혼, 대학, 교육, 결혼, 육아 등 모든 의제의 가장 큰 정책 수요자임에도 불구하고 그들이 체감하는 정치 효능은 크지 않습니다.

2040 세대의 정치 참여, 한국의 마크롱이 되라

김원성 국장　어떻게 하면 젊은 세대는 물론 사회 각층의 다양한 이들을 정치로 끌어들일 수 있을까요?

조성환 교수　가장 큰 문제는 2040세대가 정치 제도권으로 입성하기란 쉽지 않다는 점입니다. 현재 지역구 중심의 선거 제도, 고액의 기탁금 제도 등을 포함한 정치 고비용 구조는 청년뿐만 아닌 사회경제적 약자들에게 높은 진입장벽입니다. 기존 공교육과 기성 정당 내의 취약한 청소년, 청년 정치 교육 등도 청년 정치인 양성의 어려운 원인입니다. 이러한 문제는 청년들만의 문제는 아니라고 생각한합니다. 제가 제안하는 방식은 직접민주주의에 준하는 대의민주주의의 활성화입니다.

김원성 국장　프랑스의 마크롱 모델을 말하는 것인지요?

조성환 교수　맞습니다. 프랑스의 마크롱이 국회의원 경험 없이 바로 대통령이 된 것은 14만 명에 달하는 공천신청자오디션을 통과했기 때문입니다. 당시 정말 다양한 직업군의 신청자들이 몰렸는데, 그 중 2%는 실업자였습니다. 국민 중에는 당연히 실업자는 물론 가사도우미와 비정규직 근로자도 있습니다. 성공한 사람은 물론 힘들고 어려운 사람들도 많은 것이지요. 비슷한 사람끼리 모이는 시대입니다. 이들이 출마해 프랑스 국회로 입성한 것입니다.

김원성 국장　그렇군요. 현재 우리나라의 공천 시스템을 생각하면 상상하기 힘들지만 새로운 방식의 접근. 젊은 세대의 유입이 필요한 때라고 생각됩니다.

조성환 교수　최근 들어 벌어진 주말 광장 집회에 대해 문재인 대통령은 직접민주주의도 정치 발전을 위해 필요하다고 말했습니다. 맞는 말입니다. 현재 국회는 민의를 제대로 대변하지 못하고 있고 당리당략만을 추구하고 있습니다. 그러기 위해서는 다양한 출신의 사람들이 국회로 입성해야 합니다.

우리 국회에는 법조인, 교수 출신 등이 많은데, 일반인 중에 그런 분들이 얼마나 될까요. 국회는 보다 다양한 직업군을 대변할 수 있어야 합니다. 당장 그렇게 안 된다면 다양한 사람들을 아우를 수 있어야 합니다.

당장 대단한 일을 하지 않더라도 합리적이고 상식적인 가치에 공감하고 열정이 있다면 그들을 대변할 정치인도 필요합니다.

김원성 국장　그런 사람들이 정치권에 입문할 수 있도록 매개가 되겠습니다. 청년 정치인들을 세력화하는데도 많은 부분을 할 애할 것 입니다. '나도 당신들과 같은 사람이다.' '당신들의 마음을 너무나 잘 안다.' 이런 마음가짐을 지난 사람이 필요합니다. 정치 지형자체를 탈바꿈하는데 헌신하겠습니다. 어설프게 젊은 척 하는 게 아닌 제대로 젊은 층과 소통하겠습니다.

에필로그

거짓과 분열의 시대,
'헌신과 배짱'으로 정치에 나서다

박정희 前 대통령의 애국심과 시대를 관통하는 혜안 덕분에 유사 이래 한반도 남쪽이 가장 번영한 시절을 누리고 있는 것은 자명한 사실이다. 통치자의 통찰력과 애국심, 그리고 국민의 저력을 하나로 모을 수 있는 리더십만이 대한민국의 미래 번영도 보장할 수 있다.

통치자가 자신의 생각에 사로잡혀 변명을 일삼고, 국민적 아우성에 귀를 닫는다면 그 끝은 역사적 탄핵이다. 나는 현실적 탄핵보다도 무서운 것이 역사적 탄핵이라고 생각한다.

수천 년 간 대한민국 역사의 비웃음거리가 되지 않으려면 문재인 정부는 이제 대한민국 산업화 세대의 공로를 겸허하게 인정하고 자신들이 누리고 있는 좌파 기득권이 그들의 피와 땀으로 이뤄진 사실에 엎드려 감사해야 한다. 그렇지 않으면 평범하게 자기 생업에 충실하던 나같은 사람들이 하나둘 분개해 떨쳐 일어나 청와대와 국회를 덮을 것이다. 더 이상 평범한 국민들이 나라 걱정에 잠 못드는 시대를 지켜만 보고 있을 수는 없다.

난 어려운 처지에 놓인 지인들을 외면하지 않으려고 최선을 다해 살았다. 불법이 아닌 한 다소 손해가 되고 위험에 직면하더라도 그들을 도왔다.

이제는 그들이 내게 대답할 때라고 생각한다. 건전한 상식을 가진 사람이라면 잠 못 이룰 수 밖에 없는 어처구니 없는 불의의 시대를 종식시키고 미래의 번영을 위해 힘을 모아 주기를 기대한다. 나보다 더 훌륭한 사람들은 많다. 그러나 용기와 배짱을 가지고 투쟁할 수 있는 사람들은 극히 드물다고 판단했기에 수많은 번뇌 끝에 부끄럽지만 출사하기로 했다.

세상을 바꾸는 데 가장 필요한 것이 '헌신과 배짱'이라고 나는 감히 말한다.

이를 통해 사람들의 열망을 집약시킬 수 있기 때문이다. 그리고 난 '헌신과 배짱' 만큼은 자신이 있다. 이게 내가 정치를 하려는 중요한 이유이다.

불면의 시대

지은이 | 김원성
만든이 | 하경숙
만든곳 | 글마당
책임편집 디자인 | 정다희
(등록 제02-1-253호, 1995. 6. 23)

만든날 | 2019년 11월 1일
펴낸날 | 2019년 11월 18일

주소 | 서울시 송파구 송파대로 28길 32
전화 | 02. 451. 1227
팩스 | 02. 6280. 9000

ISBN 979-11-90244-05-3(03810) (값 15,000원)

홈페이지 | www.gulmadang.com
이메일 | vincent@gulmadang.com